KB201015

모든 달리기에는 이야기가 있다

나는 사랑하기 위해 달린다

정 승 우

모든 달리기에는 이야기가 있다.

인쇄 1쇄 | 2025년 3월 25일
발행 1쇄 | 2025년 3월 30일

지은이 | 정승우
펴낸곳 | 나비소리(nabisori)
펴낸이 | 최성준
교정교열 | 배지은
전자책 제작 | 모카
종이책 제작 | 갑우문화사
출판등록 | 2021년 12월 20일
등록번호 | 715-72-00389
주소 | 경기도 수원시 팔달구 효원로249번길 46-15
전화 | 070-4025-8193
팩스 | 02-6003-0268
원고투고 | nabi_sori@daum.net
상점| www.nabisori.shop.
살롱| blog.naver.com/nabisorisalon
ISBN | 979-11-92624-08-2(03810)

이 책에 실린 판권은 지은이와 나비소리에 있습니다.
이 책 내용의 전부 또는 이미지의 일부를 재사용하려면
반드시 저자와 출판사의 서면 동의를 받아야 합니다.

메이드마인드는 나비소리 출판사의 임프린트 브랜드입니다.

책 값은 뒤표지에 있습니다.
파본은 구입처에서 교환해 드립니다.

검인생략

추천의 글

당장 몸을 일으키고 싶게 만드는 그의 달리기

김애리 작가

나이가 들수록 존경심을 품게 되는 사람은 사회적 지위가 높거나 재산이 많은 사람이 아니더라고요, 저에게 있어 그 대상은 의외로 '무언가를 꾸준히 하는 사람'입니다. 무언가를 자신의 의지대로 꾸준히 해나간다는 것은 그만큼 어렵고 또 드문 일이기 때문이죠. 그런데 그 '무언가'가 직업적 의무나 당장의 이득을 위한 일이 아니라면 작심삼일 이상의 '유지'란 더 희귀한 일이 되어버리죠.

이 책의 저자이신 정승우 님은 그래서 저에게 놀라움과 존경심을 한꺼번에 불러일으킨 분입니다. 눈이 오나 비가 오나 매일 달리는 그의 일상을 들여다보노라면, '아, 오늘은 두통이 좀 있어서...', '오늘은 길이 미끄러울 것 같아서...' 온갖 핑계 뒤로 운동을 미루고야 마는 저 자신이 부끄럽고 한심하게 여겨지거든요. 무라카미 하루키의 말처럼 그는 언제나 달릴 이유 한 가지를 붙들고 달리지 않아도 될 이유 수 십 가지를 거뜬히 물리치는 의지불굴의 러너이기 때문이지요.

추천사를 부탁 받고 그의 원고를 다시 한 번 읽으며 고요한 연말 주말을 보냈습니다. 하지만 행간 사이사이에 놓인 그 뜨거움이 제 마음속에도 마구 솟구치는 것을 느낍니다. 그냥 움찔거리는 정도 가 아니라 당장이라도 신발 끈을 조여매고 현관을 박차고 나가 달 리고 싶은 정도의 뜨거움이에요.

저 역시 지난 날 10권이 넘는 책을 출간해왔지만 좋은 책에 대한 기준은 매 한결 같습니다. 바로 독자를 움직이게 만드는 책이지요. 어떤 방식으로든 독자의 일상과 인생에 숨결을 불어넣어 직접 실 천하게 만드는 것, 그것이 좋은 책이 가진 진짜 힘일 거예요. 그런 의미에서 이 책은 저에게 너무나도 좋은 책임에 분명합니다.

'매일 달리겠다는 결심을 하게 만든 것', '단 5분이라도 세차게 뛰는 일의 기쁨과 위로를 알게 해준 것', '무엇보다도 달리기라는 행위가 가진 철학 같은 의미를 맛보게 된 것' 모두 승우님의 글이 제 안과 밖에서 일으킨 놀라운 변화거든요.

물론 저 뿐만이 아닐 거예요. 그는 '살기 위해 달렸다'고 고백하지만 그의 솔직한 고백은 많은 이들을 진정으로 살릴 것 같습니다.

오랜 시간 공들인 저자 승우님의 글이 이제 곧 세상에 나오게 된다니 저 역시 감회가 남다릅니다. 그가 이 책의 원고를 위해 얼마나 긴 시간, 얼마만큼의 노고를(아마도 달리는 땀방울만큼이나) 쏟았는지 알고 있기 때문이죠. 이제 진짜 생명을 얻게 된 이 책이 세상 곳곳을 돌아다니며 달리기가 필요한 분들을 만나 변화의 물결을 일으키기를 간절히 희망합니다.

김 애 리

(에세이 및 자기계발 작가, 대표작으로는 『글쓰기가 필요하지 않은 인생은 없다』, 『어른의 일기』등이 있다.)

미운 내가 싫어 달리기 시작했다.
왜 하필 달리기였을까?

운동과는 거리가 먼 삶을 살았다. 울적할 때면 소극장에서 배우들의
연기에 빠져들었다. 손을 뻗으면 닿을 거리에서 느껴지는 그들의
열정과 땀, 숨소리. 연극이 끝난 뒤 올려다본 대학로 밤하늘의 별들
은 유난히도 반짝거렸다. 그 순간, 삶의 에너지가 온몸을 휘감았다.

코로나로 거리두기가 시작되면서, 대학로의 불이 꺼지고 내 열정도
사그라졌다. 고립감은 더 깊어졌다.

어느 날 무작정 달리기를 시작했다. 처음에는 잠깐만 뛰어도 숨이
가빴지만, 달리고 나면 마음이 가벼워졌다. 새벽 공기는 억눌려
있던 몸과 마음을 깨웠다. 작은 성취감이 나를 앞으로 이끌었다.
한 걸음 내디딜 때마다 잃어버린 나를 다시 만났다.

하루는 달리면서 김현아 작가의 오디오북 『나는 간호사, 사람입니
다』를 들었다. 한 간호사가 환자에게 밥을 먹이다가, 무심코 한
숟가락을 자기 입으로 가져가는 장면이었다.

"네가, 그러니까.... 환자 밥을 먹었다고? 정말?"

"네, 저도 모르게 그만.... 밥을 떴는데 갑자기 손이 제 입으로 와서요. 한 숟가락...."

"다음부터는 아침밥을 꼭 먹고 오도록 해. 원래 배가 고플 때는 숟가락이 나를 향하지 남을 향하진 않으니까."

그녀의 모습에서 지난날의 나를 떠올렸다. 회사와 집을 묵묵히 오가며 버티던 나날. 잦은 야근과 쌓여가는 스트레스로 지쳐갔던 시간들. 마음은 텅 비어있었지만, 약해지면 안 된다는 생각에 스스로를 다그치며 하루하루를 견뎌냈다. 그 간호사에게 한 숟가락의 밥이 필요했듯, 나에게는 한 번의 달리기가 절실했다.

오늘도 나는 새벽을 달리며 하루를 연다.

가벼운 발걸음과 밝아진 얼굴로 현실의 무게에서 벗어나 나를 마주한다. 1km, 2km... 달릴수록 '할 수 있다'는 자신감이 솟아오른다. 달리기는 나에게 '두 발로 쓰는 기도'이다. 새벽 공기를 가르며 나아가는 동안, 마음은 점점 고요해진다. 달리며 떠오르는 생각들은 글이 되고, 나만의 이야기가 된다.

누구나 한 숟가락의 밥, 한 번의 달리기가 필요하다. 작지만 따뜻한 위로. 미운 내가 싫어 달리기 시작했지만, 이제는 달리지 않는 나도 사랑하게 되었다. 이유 없이 나를 사랑할 수 있음을 달리며 배운다.

Chapter 1 한 걸음의 힘

Chapter 2 낯선 즐거움

Chapter 3 울트라, 나를 만나다

Chapter 4 체력 너머의 것들

CHAPTER 1
한 걸음의 힘

_____ 나를 바꾼 첫걸음

그날은 달랐다. 이전에는 늘 같은 일상이었다.
　　서둘러 점심을 먹고 잠시 눈을 붙였다가 다시 일했다.
　　그날도 식사를 마치고 쪽잠을 자려다가,
　　문득 정문 쪽으로 걸어가는 동료들이 눈에 띄었다.

"어디 가는 걸까?"
　　물었더니, 매일 회사 주변 둘레길을 걷는다고 했다.
　　처음엔 관심이 없었다.
　　"업무도 바쁜데, 굳이 안 쉬고 힘들게 운동을 하나?"
　　하지만 꾸준히 틈새 운동을 하는 그들을 보면서
　　문득 "나도 한 번 걸어볼까?" 하는 생각이 들었다.
　　어느 날 큰맘 먹고 사람들을 따라 걸어보았다.
　　'이렇게 예쁜 둘레길을 왜 몰랐을까?'
　　오랫동안 회사에 다녔어도 이런 곳이 있는 줄 몰랐다.
　　식사 후 상쾌한 공기를 마시며 걷다 보면,
　　몸과 마음이 가벼워진다는 것을 알게 되었다.
　　'그래서 사람들이 피곤해도 이렇게 꾸준히 산책하는구나!'
　　직장 동료들과 이야기 나누며 잠시 걸으면,
　　기분 좋게 오후 일을 시작할 수 있다는 걸 깨달았다.

내 삶에서 걷기가 일상이 된 날.

2020년 9월 21일, 그날, 오전 회의가 늦게 끝났다.

급하게 식사를 마쳤지만, 다른 분들은 벌써 출발한 뒤였다.

'오늘은 산책을 하루 쉴까?'

아쉬운 마음에 혼자라도 걷기로 했다.

그동안 다니던 길은 5km 거리다.

늦게 출발해서 짧은 코스인 곁길로 질러가기로 했다.

다른 사람들보다 10분 늦었으니, 발걸음을 재촉했다.

한낮의 햇볕은 여전히 뜨거웠다.

땀이 줄줄 흘러내렸다.

'지금쯤 회사로 가는 길이 나와야 하는데?'

낯선 풍경이었다. 뭔가 이상했다.

"길을 잘못 들어섰구나."

시간을 확인했다. 12시 45분.

"큰일 났다!"

서둘러도 오후 1시까지 회사로 돌아가기엔 역부족이었다.

"어쩌지?"

마음이 급해졌다.

'그래도 나 혼자 늦을 순 없지.'

오기가 생겼다.

무거운 몸으로 이를 악물고 달리기 시작했다.
　숨이 가빠지고 심장이 빠르게 뛰었다.
　하지만 달리는 내내
　"제시간에 도착해야 한다!"라는
　한 가지 생각이 머릿속을 맴돌고 있었다.
　1km를 허겁지겁 뛰었더니,
　숨이 턱까지 차올랐다.

　간신히 1시 직전에 사무실에 들어섰다.
　얼굴과 목덜미에 땀이 줄줄 흘렀다.
　찬물로 세수해도 온몸이 후끈거렸다.
　갈아입을 옷도 없었다.
　그저 자리에 앉아 땀이 마르길 기다렸다.
　"걷기도 힘든데, 달리기라니!
　이런 무리한 산책은 다시 안 해야지!"

퇴근길 버스 안에서 문득 낮에 달렸던 일이 떠올랐다.
　가슴이 터질 듯 숨이 찼지만, 이상하게도 마음은 가벼워졌다.
　그 기분을 다시 한번 느끼고 싶었다.
　버스에서 내리자 바로 호수공원으로 향했다.
　정장 차림에 가방을 멘 채 5km를 뛰다 힘들면 걷고,
　다시 달렸다. 처음 스스로 선택한 달리기였다.

그날부터 나는 혼자서도 달리기를 이어갔다.

습관이 되어 점심시간이 기다려졌다.

배가 부르면 달리기 힘들어 밥을 적게 먹고 서둘러 나갔다.

하지만 점심시간에 잠깐 달리는 것만으로는 아쉬웠다.

"이 좋은 달리기를 자주 할 수 없을까?"

어느 날 평소보다 일찍 집을 나섰다.

가방을 메고, 호수공원을 20분쯤 달린 뒤 출근했다.

달릴 땐 몰랐는데 멈추고 나니 몸이 으슬으슬했다.

"요즘 새벽에도 뛰세요? 점심때 뛰는 모습은 가끔 봤어요."

동료의 말에 나는 웃으며 답했다.

"출근 전에 뛰어요.

씻지 못하고 바로 출근하니 좀 불편하긴 해요."

달리기를 시작하기 전, 미라클 모닝은 늘 실패로 끝났다.

새벽 운동을 시도할 생각조차 못 했다.

출근길에 짧게 뛰어보았지만, 오래 이어갈 수 없었다.

저녁 운동을 선택했다.

야경을 보며 밤공기를 가르며 달리는 게 좋았다.

하지만, 야근이나 약속이 생기면 달릴 수 없었다.

그런 날은 무언가 허전했다.

"매일 달릴 수 없을까?"

망설이던 새벽 달리기에 도전했다.

자기 전에 운동복을 준비하고, 5시에 알람을 맞췄다.

알람이 울리기도 전에 자연스럽게 눈이 떠졌다.

고요한 새벽, 차갑지만 상쾌한 공기가 온몸를 감쌌다.

새벽에 걷거나 뛰는 사람들이 의외로 많았다.

차가운 새벽 공기를 마시니, 몸과 마음이 모두 상쾌해졌다.

마치 하루를 새로 쓰는 기분이었다.

달리기는 나에게 두 발로 쓰는 기도였다.

달릴수록 어제보다 더 나은 내가 되었다.

유튜브에서 들려오는 소다님의 차분한 목소리가 새벽을 깨웠다.

고요한 새벽, 나는 그 목소리를 따라 긍정 확언을 되뇌며 달렸다.

어느 날, 한 문장이 내 가슴을 파고들었다.

뜨겁게 나를 사랑한다.

나도 모르게 눈물이 주르륵 흘렀다.

벅찬 감정이 온몸을 휘감았다.

아무도 없는 어둠 속에서

누군가 나를 응원하고 있었다.

세상 그 누구보다 간절하게, 온 마음을 다해.

그가 바로 나였다.

누구의 인정도 필요 없었다.

나와 모든 순간을 함께하는 내가 온 마음으로 나를
응원하고 있었다.

달릴수록 자신을 더 사랑하게 되었다.

오늘도 나는, 나를 사랑하기 위해 달린다.

_____ 풀코스의 맛

"누구나 계획이 있다. 한 대 맞기 전까지는."

복싱 헤비급 챔피언 마이크 타이슨의 명언이다. 나도 생애
첫 마라톤을 앞두고 나름의 계획을 세우며 기대에 부풀었다.
2020년 9월, 달리기를 시작했다.

풀코스 완주를 상상하며, 결승선에서 가족들과
환하게 웃는 모습을 그려보았다.
하지만 현실은 달랐다.
풀코스는 넘을 수 없는 벽처럼 느껴졌다.
결국 버킷리스트에 한 줄 적는 것으로 만족해야 했다.

'죽기 전에 꼭 마라톤 완주하기.'

2021년 2월, 무라카미 하루키의 책 『달리기를 말할 때
내가 하고 싶은 이야기』를 매일 필사하기로 결심했다.
마라톤 완주의 꿈이 되살아났다. 생일인 8월 15일까지
필사를 마치고 풀코스를 완주하겠다는 목표를 세웠다.
예상보다 빨리 기회가 찾아왔다.
2021년 3월 삼일절 비대면 마라톤 개최 소식을 들었다.
3월 안에 풀코스 완주를 인증하면 태극기 메달을

받을 수 있다는 말에, '지금이다' 싶어 도전에 나섰다.

8월로 계획했던 도전을 앞당겼지만, 첫 풀코스 완주에 얼마나 시간이 걸릴지 몰라 망설이다가 3주가 지나버렸다.

마지막 기회였다.

비 예보로 27일은 뛰지 못했고, 28일이 메달을 받을 마지막 기회였다. 첫 하프 마라톤을 완주한 지 3개월 만에 풀코스 도전이 눈앞으로 다가왔다.

포기하지 않고 42.195km를 완주할 수 있을까?

설렘과 불안이 교차했다. 아무런 준비 없이 30km를 뛰면서 고생했던 기억이 떠올라, 청포도 맛 에너지 젤 2개와 물을 챙겨 밖으로 나섰다. 광교호수공원 8자 코스에서 다섯 바퀴를 돌며 42.195km를 채우기로 했다.

추운 날씨에도 반바지를 입고 출발했다.

30km까지는 순조로웠다. 그러나 31km를 넘기면서 페이스는 6분 후반대로 느려졌다. "마라톤은 30km부터가 진짜"라는 말이 와닿았다. 에너지 젤도 더 이상 도움이 되지 않았다. 35km를 지나자 다리는 점점 무거워졌고, 심장은 금방이라도 터질 듯 했다. 머릿속에는 포기하고 싶은 생각이 맴돌았다. 걸을까 말까 고민하던 순간, 전화벨이 울렸다.

아내였다.

"어디야? 몇 시간 전에 나갔잖아. 아직도 운동 중이야?"

숨이 차서 겨우 대답했다.

"응, 계속 뛰고 있어."

"사람이 어떻게 몇 시간을 뛰어? 그게 가능해?"

갑자기 화가 치밀었다.

"왜 내 말을 못 믿어? 오늘 처음으로 장거리 도전 중이야."

"그걸 왜 하는데? 살 빼려고?"

그 말에 정신이 번쩍 들었다.

"아니, 이제 그런 건 관심 없어. 나는 지금 한계에 도전하고 있어."

아내는 여전히 이해할 수 없다는 듯 말했다.

"대체 왜 그렇게 무리하는 건데? 이제 그만 뛰고 들어와."

나는 지친 목소리로 힘겹게 대답했다.

"내가 왜 달리는지 궁금하면 나중에 말해줄게."

전화를 끊자 빗방울이 후드득 떨어지더니

폭우가 내리기 시작했다.

마음이 차분해지고 완주하겠다는 의지가 되살아났다.

빗속을 달리며 고통은 서서히 희미해졌다. 아내의 전화가

아니었다면 아마 포기했을 것이다. 슬며시 웃음이 났다.

만약 그 순간 따뜻한 위로를 받았다면,

그 자리에서 멈춰 섰을지도 모른다.

41km를 지났다.

완주까지 남은 거리는 단 1.2km.

갑자기 온몸에 힘이 솟았다. 남은 1km는 4분 51초 페이스로,
마지막 200m는 4분 4초 페이스로 전력 질주했다.

기록 4시간 20초. 생애 첫 풀코스 완주였다.

다리에 힘이 풀려 아스팔트 위로 쓰러지듯 주저앉았다.

비는 여전히 쏟아지고 있었다.

그래, 승우야! 네가 해냈어! 이 힘든 걸 스스로 해냈다고!

빗물, 눈물, 콧물이 뒤섞인 채 나는 온몸으로 외쳤다.

풀코스 출발 전의 상상과 완주 후의 현실을 비교해 본다.

하나. 42km를 질주하는 내 모습? 41km까진 아니었지만,

마지막 1.2km는 상상과 다르지 않았다.

둘. 뜨거운 가슴과 흐르는 눈물, 그리고 해냈다는 뿌듯함?

완주 후 눈물만큼은 진짜였다.

셋. 따사로운 햇살 아래 결승선을 통과하는 장면?

비 오는 호수공원이었지만 그 순간만큼은 특별했다.

넷. 세상을 다 가진 듯한 미소를 짓는 나?

그 기쁨만큼은 틀림없었다.

다섯. 결승선에서 응원하는 가족과 안아주는 아이들?

　　현실은 달랐지만, 마음으로는 함께였다.

여섯. 멋진 완주 사진?

　　핸드폰이 비에 젖어 한 장도 남지 않았지만, 그날의 기억
　　은 사진보다도 선명히 살아 있다.

❝

어떤 완주 메달은 가슴에 새겨진다.

❞

결승선에서 축하해주는 이 하나 없고, 멋진 사진 한 장
남지 않아도 모든 발걸음과 거친 숨소리는 온몸에 새겨진다.
포기하고 싶은 순간, 내딛는 한 걸음 한 걸음이
나를 완주로 이끈다.
응원이든 쓴소리든, 결국 중요한 건
내가 나를 믿고 끝까지 달리는 것이다.

그것이 바로 풀코스의 맛이다.

화장실이냐 달리기냐

마라톤은 42.195km의 긴 레이스다.

중간에 화장실이 급하다면 어떻게 해야 할까?

몇 달간 준비한 대회인데 참고 뛰어야 할까, 아니면 포기하고 화장실로 가야 할까?

상상만 해도 당황스러운 일이 나에게도 일어났다.

서울 마라톤 대비 동계 집중 반으로 개설된 바나나 런클럽 화·목반에서 주중 두 번, 주말 장거리까지 3개월의 훈련을 마쳤다.

2024년 2월 25일 새해 시즌 오픈 챌린지 레이스 대회에서 4분 35초 페이스로 32km를 달렸다.

개인 최고 기록이었다.

설레는 마음으로 2024년 3월 17일 서울 마라톤 대회 날만을 기다렸다.

대회 이틀 전, 잠이 오지 않았다.

러닝 크루 단체 대화방을 둘러보다가 '풀코스 준비 루틴'이라는 글이 눈에 띄었다. 런치광이 크루 리더 영주님이 작성한 글이라 더욱 관심이 갔다.

"토요일 오전부터 탄수화물을 평소보다 더 많이 먹습니다."
저는 쌀국수 곱빼기와 케이크를 먹었습니다.
저녁엔 장터국밥과 밥 두 그릇, 케이크를 먹고, 대회 당일
새벽 바나나 세 개와 파워젤을 먹었습니다.

"대회 아침 일찍 일어나 샤워하고 스트레칭을 하세요.
마라톤은 일정 페이스를 유지해야 해서, 화장실에 가거나
신발 끈이 풀리면 치명적일 수 있습니다. 아침 몸무게가 2~3kg
늘어도 신경 쓰지 마세요. 그게 완주의 화력입니다!"

대회 하루 전, 약국에 들러 마그비 스피드 두 병을 샀다.
쌀국수집에서 양이 제일 많은 메뉴를 시켜 먹었다.
마라톤 대회를 여러 번 준비했지만, 전날 쌀국수를 먹은 것은
이번이 처음이다.
가래떡과 백설기를 사고, 아침 식사를 대신할 바나나 네 개를
준비했다. 쌀국수로 배가 불러 저녁은 건너뛰었다.
러닝화, 모자, 선글라스, 싱글렛(러닝용 민소매 상의), 바지,
에너지 젤까지 내일 가져갈 장비를 침대 위에 펼쳐놓고 사진을
찍어 인스타그램에 올렸다.
들뜬 마음을 억누르고 이런저런 상상을 하다 스르르 잠이
들었다.

'내일 3시간 20분 안에 들어올 수 있을까?'

새벽 4시, 일어나서 억지로 가래떡과 바나나 네 개를 먹었다.

속이 느글거렸지만, 찬물로 샤워하고 대회장으로 향했다.

아직 어두운 새벽이었다.

줄이 길어지기 전에 화장실에 다녀왔다.

좋은 기록을 내려면 출발 전 충분한 준비운동은 필수다.

대회장 한편에 모인 런클럽 러너들과 10분 정도 조깅을 한 후

호흡을 틔우기 위해 질주까지 마쳤다.

출발 전, 마법의 마그비 스피드를 마셨다.

'35km를 지날 때 한 번 더 스피드를 선물해 주길.'

B조에 배정된 나는 화장실을 다녀오느라 혼자 출발선에 섰다.

'지금까지 흘린 땀을 믿고, 한번 제대로 달려보자.'

5, 4, 3, 2, 1, 출발!

시작을 알리는 신호와 함께 수많은 러너가 일제히 쏟아져

나갔다. 긴장 속에서도 페이스는 안정적이었다.

10km를 지나면서도 4분 38초의 리듬을 유지했다.

시작이 좋았다.

8km 지점에서 에너지 젤을 먹었다. 12km쯤 지나자 뱃속이

뒤틀리고 아랫배가 무거웠다. 심상치 않았다. 매번 먹던 건데,

왜 이럴까? 혹시 바나나 네 개 때문인가? 출발 직전까지

화장실에 간 적은 있어도, 대회 중간에 간 적은 없었다.

'달리다 보면 저절로 나아지겠지.'

이번에는 느낌이 달랐다. 소변이 아니었다.

일단 버틸 만해서 참고 달려보기로 했다.

화장실이 눈에 들어왔지만, 시간을 뺏기고 싶지 않아서 그대로
지나쳤다.

'똥 싼 남자 에크발'이 떠올랐다.

2008년 스웨덴 예테보리 하프 마라톤 대회에서

미카엘 에크발은 대회 중 배탈이 났다.

그는 설사하면서도 달리기를 멈추지 않았다.

4만 명 중 21위로 완주했다. 기자들이 그에게 물었다.

"왜 경기를 멈추지 않았나요?"

"한 번 그만두면 습관이 되니까요."

15km 지점, 도저히 참을 수 없었다.

간이 화장실이 보여 살았다 싶었지만, 들어가 보니
소변기만 덩그러니 있었다. 힘이 빠졌다.

18km부터 고통이 더 심해졌다.

페이스를 올릴 때마다 신호가 폭발할 듯 몰려왔고, 온몸은
비틀리고 점점 더 무거워졌다. 마치 금속탐지기가 삑삑거리듯
신호는 멈추지 않았다.

더는 버틸 수가 없어서 주로 옆 경찰관에게 물었다.

"배가 아파서 그런데, 혹시 여기 화장실 없나요?"

"없습니다."

머릿속이 하얗게 비워졌다.

멈추고 싶은 유혹이 밀려왔지만, 마음을 다잡았다.

'곧 화장실이 나오겠지.' 스스로를 다독이며 한 걸음씩 앞으로 나아갔다. 버티면서 달리는데, 눈앞에 다시 간이 화장실이 나타났다. 문이 열려 있고, 휴지도 있었다.

망설였지만 멈추지 않았다.

'지금까지 달린 거리가 아깝지 않니? 조금만 더 버티자.'

고통을 견디며 다시 페이스를 올렸다.

도저히 버티지 못할 것 같은 고통의 순간이

규칙적으로 찾아왔다.

주위를 두리번거리다 옆 경찰관에게 여러 차례 물었다.

"혹시 화장실 없나요?"

"없습니다."

주로 옆에 화장실이 없어서 참고 달렸다.

37km 지점, 참을 수 없는 고통이 온몸을 강타했다.

여기까지 버틴 것도 기적이다. 눈앞에 지하철역이 보였다.

머릿속이 복잡했다.

'지금 가면 레이스를 망칠 거야. 지금까지 버틴 게 아깝지도 않아?'

망설이다가 눈앞에 있는 기회를 또 놓쳤다.

고통이 극에 달했다.

사람이 살아야 레이스도 이어진다.

설사하며 완주한 '에크발'이 떠올랐지만, 3시간 30분 기록을
위해 무리할 이유는 없었다. 입상권도 아니었으니까.

주로를 벗어나 지하철역 출입구로 달려갔다.

에스컬레이터를 뛰어 내려가다 표지판 앞에 멈췄다.

화장실에 가려면 표를 찍고 지하 2층까지 내려가야 했다.

잠시 머뭇거리다가 마음을 다잡고 다시 주로로 뛰어 올라갔다.

쉼 없이 발걸음을 옮기며 38km를 지나쳤다.

마지막까지 참고 완주하기로 결심했다.

기대와 희망을 내려놓으니 오히려 몸이 한결 가벼워졌다.

응원단과 하이파이브를 나누며 정신을 다른 곳으로 돌렸다.

40km 지점에서는 4분 31초, 마지막 42km에서는 4분 35초로
페이스를 끌어올렸다.

결승선이 가까워질수록 머릿속엔 오직 한 생각뿐이었다.

'도착하자마자 화장실부터 가야지.'

마지막 2km는 마치 영원처럼 길게 느껴졌다.

고통과 해방의 경계를 오가며, 온 힘을 다해 달렸다.

저 멀리 바나나 런클럽 응원단과 연진 코치님이 보였다.

"거의 다 왔어요! 승우 님, 마시고 끝까지 힘내요!"

코치님이 마지막 힘을 낼 수 있는 마법의 물약을 건네주셨다.

당장이라도 모든 것을 쏟아낼 것만 같았다.

마법의 약이 극심한 통증을 덜어줄지, 아니면 더 심하게 만들지 알 수 없었다.

눈을 감고 꿀꺽 삼켰다.

다행히 탈은 없었다.

결승선이 보였다.

그 순간, 모든 고통이 사라졌다.

기록은 3시간 27분 50초.

머리부터 발끝까지 차가운 전율이 밀려왔다.

해냈다는 기쁨과 끝났다는 안도감이 온몸을 감쌌다.

화장실을 참으며 완주한 것은 단순한 고집이 아니었다.

몇 달 동안 쌓아온 고된 훈련과 노력을 헛되게 할 수 없어서,

한 걸음 한 걸음이 더 소중하게 느껴졌다.

나는 그 순간을 놓치지 않기 위해 계속해서 나아갔다.

한 번의 포기는 습관이 된다.

걸음을 멈추지 말아야 한다.

삶의 고통은 넘어야 할 벽이고, 그 벽은 언제나 나 자신이다.

_____ 갱러너의 탄생

'달리기로 인생 갱생에 성공한 사람들의 모임?'

인스타그램에서 갱런 기수 모집 글을 보았다.

갱런은 기수제로 선발하는 전국구 온라인 러닝 크루로,
멤버들은 갱러너라 불린다. 호기심이 생겼다.

'어떤 사람들이 인생을 갱생할 만큼 달리기에 빠진 걸까?
나도 달리기로 인생을 바꿀 수 있을까?'

당시 갱런은 40대까지만 지원할 수 있었다.

지원서와 함께 5km나 10km 완주기록을 제출해야 했고,
인스타그램 소통도 필수였다. 하지만 '선발 시 얼굴이 노출된
사진을 제출할 것.'이라는 조건은 생각지도 못했다.

코로나로 마스크 착용이 일상이 된 시기라 얼굴 공개라는
조건은 낯설고 당황스러웠다. 젊고 빠른 러너들이 앞다투어
지원 글을 올리고 있었다. 달린 지 1년밖에 되지 않은 나는
딱히 내세울 게 없었다. 입사 지원서를 쓰듯 달리기를 시작한
이유와 변화된 삶을 적었다. 10km 완주기록도 준비했지만
얼굴 공개가 걸려 제출을 망설였다.

마감일이었다.

마지막 기회라는 생각에 떨리는 손으로 제출 버튼을 눌렀다.

갱러너가 되어 인생을 바꾸고 싶었지만, 기대하지 말자는
마음이 더 컸다. 며칠 뒤 모르는 번호로 문자가 왔다.
"예비 갱런 10기에 합격하신 것을 축하합니다."
가슴이 뛰었다.
'하면 되는구나!'
기쁨도 잠시, 정식 기수가 되려면 4주간 특별 과제를
통과해야만 한다.
A1팀 12명. 예비 동기들과 함께하는 30일간의 조별 입회
미션이 시작되었다. 1, 2주 차 목표는 무난하게 해냈다.
그런데 3주 차 미션에서 한숨이 나왔다.
'지원 미션을 이겨라'와 '파틀렉(Fartlek) 5km'라는 두 개의
새로운 미션이었다. 지원 미션을 통과하려면 선발 신청 때
제출한 10km 기록보다 더 빠르게 달려야 했다.
당시 개인 최고 기록(PB)은 1km당 4분 39초 페이스였다.
두번째 미션도 생소했다.

스웨덴어로 '스피드 놀이'를 뜻하는 파틀렉(Fartlek)은
지형에 따라 속도를 바꿔가며 달리는 훈련이다.
시간 단위로 빠르게 달렸다가 천천히 달리는 것을 반복하도록
러닝 시계에 타임 파틀렉을 설정했다.
2분 동안 1km당 4분 20초 속도로, 1분 동안 1km당 5분 속도로
설정해서 총 15세트를 반복하는 훈련이다.

주말이 되자 여기저기서 벌써 성공 소식이 들려왔다.

파틀렉 미션에 도전하면서 10km 기록 단축까지 한 번에 성공한 러너도 있었다.

'나도 한 번에 다 끝내야지.'

생애 첫 '파틀렉'과 '나를 이겨라' 과제에 도전하러 토요일 아침 8시에 광교호수공원에 도착했다.

정식 트랙은 아니지만 비슷한 곳을 찾았다.

시계의 시작 버튼을 꾹 누르고 달리기 시작했다.

2분 빨리 뛰었다가 1분 늦추고 다시 2분 빨리 뛰기를 반복했다.

호흡이 가빠졌다. 속도에 변화를 주는 인터벌 훈련을 해본 적이 없어서 더는 무리였다.

결국 6.4km에서 기록을 일시 정지하고 벤치에 앉아 겨우 숨을 돌렸다.

가까스로 10km를 채웠지만, 미션 실패였다.

내일 다시 한번 도전하기로 했다.

도서관으로 갔다.

글이 눈에 들어오지 않았다. 못다 이룬 기록과 계단식 페이스 차트가 눈앞에 어른거렸다.

힘차게 시도했는데 10km 완주도 못 하고 중간에 퍼지다니.

내일까지 못 해내면 미션은 실패였다.

무심코 창밖을 보니 거리에 눈이 쌓이고 있었다.

'어쩌지? 내일 아침엔 눈이 얼어 달리기 어려워질 텐데.

이렇게 눈 오고 미끄러운 날에 뛰는 건 무모한 일이겠지?'

가슴이 두근거렸다. 하지만 오늘 다시 도전하지 않으면 견딜 수

없을 것 같았다. 집으로 돌아와 운동복으로 갈아입었다.

실패했던 원인을 곰곰이 되짚어 보았다.

몸보다 마음이 먼저 포기했던 것이 문제였다.

힘들 때 나를 붙잡아 줄 뭔가 필요했다. 유튜브에서 반복해서

들려주는 응원의 목소리를 찾았다.

'나는 할 수 있다. 나는 잘할 수 있다.'

그 나직한 목소리가 가슴 깊이 와 닿았다. 문제의 장소로 다시

발걸음을 옮겼다. 아침에 뛰었던 트랙 위에 어둠이 깔리고

눈이 쌓여 있었다. 매끈한 길은 달리면 더 미끄러워 보여서,

울퉁불퉁한 길을 선택했다.

'성공할 때까지 도전을 멈추지 않겠다.'

실패하더라도 중간에 포기하지 않기로 했다.

파틀렉이든 10km 기록 갱신이든 미션 하나라도 해내겠다고

다짐했다. 몸을 숙이고 다리를 높이 들어 올렸다.

출발이다! 미끄러지지 않으려고 애쓰며 달렸다.

숨이 차올라 호흡이 가쁘다.

눈발이 점점 굵어지고 금세 어두워졌다. 인기척 없는 트랙 위,

나 혼자 달리고 있으니 그만두고 싶은 마음이 슬며시 올라온다.

유튜브 고막 코치에게 손을 내밀자 그가 나직이 속삭였다.

"나는 할 수 있다. 나는 잘할 수 있다."

그의 말을 큰소리로 따라 하기 시작했다.

"나는 할 수 있다. 나는 잘할 수 있다!"

주문처럼 반복하며 달렸다.

몸은 지쳤지만, 정신은 또렷했다.

1분간 천천히 달리며 숨을 고르고, 2분은 빠르게 달렸다.

악을 쓰며 달리다가 시계를 보았다.

미션 성공! 평균 페이스 4분 33초. 개인 최고 기록(PB)이었다.

눈밭에 철퍼덕 드러누웠다. 가슴은 뜨겁게 뛰었다.

'봐! 내가 해냈어! 진짜 내가!'

모든 미션을 완수하지 않아도 기수가 될 수 있었다.

하지만 나는 피하지 않기로 했다. 갱러너로서, 무엇보다

나 자신을 이겨내는 사람이 되고 싶었다.

드디어 마지막 미션이 다가왔다.

갱런의 전통, 선후배 간 1주일 거리 대결이었다.

예비 기수와 선배 기수가 각각 팀을 이뤄 7일 동안 누적 거리로

승부를 겨루는 대결은 갱런의 상징적인 행사였다.

'예비 기수들은 기수를 따기 위해 죽기 살기로 뛰겠지만,

이미 기수가 된 선배들이 왜 그렇게 열심히 뛰겠어?'

하지만 선배 기수의 각오를 듣는 순간, 내 생각이 바뀌었다.

"우리가 일부러 적당히 조절해서 예비 기수들이 이긴다면,
그들에게 진정한 승리의 기쁨이 있을까? 갱런 선배로서 우리는
최선을 다할 것이다."
가슴이 뜨거워졌다.
마음을 다잡고 7일간의 대결에 돌입했다. 최선을 다했지만,
노련한 선배 기수들의 누적 거리는 점차 우리를 앞질렀다.
대결 종료 하루 전, 격차는 점점 더 벌어졌고, 예비 10기 동기들
얼굴에는 패색이 짙어졌다.
판을 뒤집으려면 특별한 결단이 필요했다.

마지막 날 새벽, 성한 팀장이 극약 처방을 내렸다.
"지금이 마지막 기회다. 오늘 하루, 우리 갱런 A1팀 예비 10기
모두 후회 없이 달리자! 각자 21km 하프 이상을 뛰어야
승산이 있다. 갱스럽게, 우리의 한계를 끝까지 시험해 보자!"
모두가 최선을 다했다.
그날 하루 우리 팀은 총 298km를 뛰었다.
1인당 평균 24.8km. 나 역시 출근 전 새벽에 21km를 달렸다.
선배들도 장거리를 뛰어서 우리의 누적 거리 차이는
다시 좁혀졌다. 밤 11시 상황은 절박했다. 12시가 되기 전까지
누군가 다시 뛰지 않으면, 절대로 역전은 불가능했다.
마음이 다급해졌다.
모두가 하프 이상을 달린 상황이라 더 무리할 수는 없었다.

내가 우리 팀에서 가장 연장자였다.

모두가 서로를 위해 한마음으로 달려왔는데, 근소한 차이로 진다면 너무 아쉬웠다.

'내가 한 번 더 뛰겠다.'

밤 11시가 넘어 단톡방에 글을 남기고, 지친 몸을 이끌고 다시 밖으로 나섰다. 무거운 다리로 또 30km를 달렸다.

어두워진 호수공원에서 새벽까지 홀로 달렸지만, 이상하게도 외롭지 않았다. 온라인으로 만났지만, 한 달간 서로를 응원해 온 예비 10기 동기들을 하나둘 마음속에 그리며 묵묵히 발걸음을 내디뎠다.

최장 거리였다. 그날 하루, 나는 총 51km를 달렸다.

집에 들어오자마자 무거운 몸을 침대에 뉘었다.

새벽까지 걱정하며 잠 못 든 종은이와 동기들이 단톡방에 남긴 응원의 한마디 한마디가 마음 깊이 스며들었다.

다음 날, 드디어 결과가 나왔다.

마지막 순간까지 달린 우리 팀의 누적 거리가 선배 기수들을 앞질렀다.

우리가 해냈다! 끝까지 포기하지 않고 투혼을 발휘한 나와 동기들이 정말 자랑스러웠다.

그날의 거리 대결은 우리에게 평생 잊을 수 없는 추억으로 남았다.

그렇게 나는 갱러너가 되었다.

갱런의 전통, 선후배 기수 간 1주일 거리 대결.
이제 선배가 된 나는 예비 기수들과 함께 달린다.
끝까지 포기하지 않는 근성과 서로를 향한 진심.

그것이 바로 진정한 갱스러움이다.

_____ 매일 달리기, 그게 뭐라고

'부상인가?' 발목에 찌릿한 통증이 스친다.

107일째 매일 달리고 있었다. 다리가 아프지만, 매일 달리겠다는
다짐을 SNS에 올렸다. 응원과 '좋아요'가 대부분이었지만,
댓글 하나가 유독 눈길을 끌었다.

"이미 쉼이 필요하다고 느끼시는 것 같아요.
저도 100일간 매일 달리기를 해봤어요. 100일을 채운 날,
친구들이 '계속 달릴 거냐?'고 물을 때 단호하게 고개를
저었어요. 습관처럼 달리다 보니, 어느 순간 고통이 즐거움을
넘어서는 순간이 찾아왔어요. 몸이 보내는 신호를 무시하면,
그다음은 후회뿐이에요.
하루쯤 쉬어 보세요.
생각보다 이상하고 불안할 수 있지만,
그 감정을 마주해 보세요."

"이렇게 재미있는데 왜 멈추라는 거지?"
예상치 못한 조언에 고개를 갸우뚱했다.
응원과 격려가 가득할 줄 알았는데, 불쑥 던져진 충고가
마음에 가시처럼 박혔다.

"네, 생각해 볼게요."라고 건성으로 답을 달았다.

답장 버튼을 누르는 순간까지 마음이 편치 않았다.

하지만 그는 다시 댓글을 달았다.

"아프기 전엔 아무도 부상을 심각하게 받아들이지 않아요.

저도 그랬고요. 누구의 말도 들리지 않는 순간이 오면 결국

몸이 먼저 멈추게 돼요. SNS는 남에게 인정받으려는

마음을 부추기죠.

그 마음이 커지면, 나중에 더 큰 걸 잃을 수도 있어요.

지금이 내려놓아야 할 때예요."

그의 말을 곱씹어 보았지만 용기가 나지 않았다.

매일 달리기를 멈추는게 두려웠다.

다음 날 새벽이었다. 매일 달리기 108일째.

달리자마자 발목이 콕콕 찌르듯이 아팠다.

겁이 났다.

매일 달리겠다고 스스로 약속하고 SNS에도 올렸는데 어쩌지?

달리지 못하면 무슨 재미로 살지?

앞으로 영영 달리지 못하게 되면?

고민이 깊어졌다.

몸은 지금이 진짜 멈춰야 할 때라고 말하고 있었다.

불편한 다리로 겨우 집에 돌아왔다. 매일 달리기를 멈추기로

마음먹고, SNS에 마지막 인증 글을 올렸다.

"부상이 맞네요.
통증 덕분에 건강의 중요성과 매일 달리는 이유를
다시 생각했어요. 멈추는 것은 매일 달리기를 시작한 것보다
더 큰 용기가 필요한 것 같아요.
조언해 주신 대로 매일 달리기를 오늘 108일로 마칩니다.
잘 치료받고 건강한 모습으로 다시 올게요.
조언해 주셔서 정말 감사합니다. 그동안 즐거웠습니다."
SNS 친구들의 응원 댓글이 하나둘 달렸다.

잘 결정하셨어요.
저는 '매일'보다 '꾸준하다'라는 말이 더 좋아요.
매일과 숫자는 어느 순간 압박이 되더라고요.
진정 자유롭고 건강한 러너가 되길 빌어요.

"월정사 전나무 숲길에 있던 글을 대신 올려요.
멈춤은 억압이 아닙니다. 멈춘다는 것은 고요해지는 겁니다."
"지금의 힘든 결정이 분명 나중에는 좋은 성장의 밑거름이
될 거예요. 우리는 100일, 200일보다 더 달릴 날이 많아요.
더 아프기 전에 치료받게 되어서 다행이에요.
완쾌되시길 빌어요."

첫 번째 매일 달리기는 42일에서 멈췄다.

2020년 가을, 달리기를 시작하고 유튜브에서 매일 달리기 100일 영상을 보고 처음 도전했다.

매일 새벽 10km씩 총 42일간 달렸다. 처음으로 발목에 통증을 느꼈지만, 재미에 빠져 부상의 조짐을 알아차리지 못했다.

3일간 달리지 않으니 세상이 무너지는 것처럼 우울했다.

하루 뛰고 하루 쉬는 것으로 바꿔보았다.

피로감이 덜했고, 아픈 것도 사라졌다.

두 번째 도전은 108일에서 멈췄다.

2021년 6월 호국 보훈런을 계기로 매일 달리기를 시작했다.

그 도전은 단순한 운동을 넘어, 함께 달리는 러너들과 응원의 힘으로 하나로 이어지는 연결고리가 되었다.

30일 동안 매일 달린 기록이 아까워서 100일을 목표로 했다.

제리캔 챌린지, 광복절 기념런 등 다양한 챌린지가 나를 매일 달리게 했다. 그렇게 100일을 넘기고도 "하루만 더"를 외치며 108일을 달렸다.

매일 새벽 5시, 10km를 달리고 SNS에 인증했다.

비가 오거나 바쁠 때는 잠을 줄여 달렸다.

처음에는 매일 달리겠다는 목표조차 없었다. 그러나 날짜가 쌓이면서 다른 사람들에게 인정받고 싶은 마음이 커졌다.

런데이 앱의 달력에 찍힌 도장도 강한 동기부여가 되었다.

도장으로 가득 찬 달력은 성취감을 안겨주었다.

인스타그램 피드는 '매일 달리기 00일'로 시작하는 자신감
넘치는 글들로 가득 차 있었다.

매일 새벽, 마지막 1km는 늘 전력 질주였다.

마라톤 대회에 나간 것처럼 평균 페이스를
4분대로 맞추기 위해 애썼다. 인증사진에 4라는 숫자가 찍혀야
SNS에 올릴 자격이 있는 것처럼 착각했다.

준비운동과 스트레칭도 하지 않았다.

달리고 나면 응원에 취해 다시 달렸다.

'매일'이라는 말은 어느새 달리는 이유를 넘어 압박이 되어,
멈추면 살이 찌고 이전의 나로 돌아갈 것만 같았다.

부상 치료를 받으며 도서관에서 우연히 『황영조 마라톤 스쿨』
책을 읽었다. '부상은 오로지 당신 탓이다'라는 구절이
눈에 띄었다.

'마라톤은 온전히 혼자 하는 운동이다.

천재지변이나 교통사고가 아니라면, 부상은 오로지 러너의
책임이다. 통증을 무시하고 연습량을 늘려서 달린다거나,
몸의 경고를 외면한 것도 본인의 책임이다.'

'마라톤을 마라톤답게 하자.

부상은 오로지 내 탓이다'라는 구절을 읽으며 생각한다.

'SNS를 SNS답게 하자.

보이지 않는 아픔은 오로지 내 몫이다.'

_____ ※러너 생각 : 시작은 누구나 서툴다

모든 일에는 처음이 있다. 그때로 잠시 돌아간다.

첫 달리기

달리기라 부르기조차 민망했던 때가 있었다.

몸은 무겁고 숨은 가빴다. 달린다고 했지만, 제자리에서
허우적거리는 것 같았다.

1분 만에 끊긴 호흡과 채우지 못한 1km의 거리.

그때 나에겐 하나의 꿈이 있었다.

'죽기 전에 한 번은 풀코스를 완주하자.'

지금은 그 꿈을 넘어, 3시간 20분을 목표로 달리고 있다.

이 모든 것은 함께 달리는 분들의 응원 덕분이다.

첫 러닝 셀카

내 사진을 찍는 건 어색했다.

셀카는 젊은 시절에나 찍는 것으로 생각했다. 그러던 내가
아파트 앞에 앉아 첫 러닝 셀카를 찍었다.

그 어색한 사진 한 장에서 어느덧 수백 장이 된 셀카는
나에게 즐거운 추억이자 도전의 흔적이 되었다.

첫 인스타 댓글

지금은 SNS친구들이 2,000명이 넘지만, 인스타에 처음 글을 올릴
때 친구도, 댓글도 없었다.

'좋아요'만 몇 개 있는 첫 글은 쓸쓸했다.

여섯 번째로 올린 우중런 사진에 누군가 첫 댓글을 남겼다.

그때는 인증에 집중하느라 마음 나누는 법을 몰랐다.

누군가의 처음을 응원하며

아픈 시작이 있었기에 지금의 내가 있다.

어설프고 떨리던 첫걸음이 나를 넓은 세상으로 이끌었다.

지금 이 순간에도 누군가는 떨리는 마음으로 첫발을 내디딘다.

한 걸음, 한 걸음이 내일의 나를 만든다.

당신의 모든 도전을 진심으로 응원한다.

시작하는 용기는 언제나 아름답다.

CHAPTER 2

낯선 즐거움

남자가 레깅스라니

달리기에 빠진 첫해 겨울, 회사 선배를 만났다.

왜 이렇게 갑자기 살이 빠졌냐고 묻기에, 요즘 매일 10km씩
달린다고 했다. 선배가 신기해하며 말했다.

"혹시 레깅스 같은 거 입고 뛰는 건 아니지?

요즘 공원에 그런 남자들 많던데, 눈 뜨고 못 보겠더라.

당연히 너는 안 그러겠지?"

"레깅스요? 여자들도 민망한 그 옷을 제가요?

그럴 일은 없어요."

"그렇지? 세상이 하도 이상해서 물어본 거야. 내 말 잊지 마."

나는 웃으며 대답했다.

"저는 절대로 레깅스는 안 입을 테니 걱정하지 마세요."

4년이 지난 지금, 나는 레깅스 없이는 못 뛴다.

겨울용 기모 레깅스부터 대회를 위한 붉은색 레깅스까지
준비되어 있다. 지금 그 선배가 다시 같은 질문을 한다면,
이렇게 답할 수밖에 없다.

"선배님, 그래도 저는 레깅스 입을 거예요.

이게 진짜 달리는 사람을 위한 옷이에요."

처음에는 나도 레깅스를 입을 용기가 나지 않았다.

그때 누군가 내게 그걸 입고 나가서 뛰라고 했으면,

정신이 나갔냐고 했을 것이다.

그러던 내가 두 번째 겨울이 되었을 때 처음으로 레깅스를 샀다.

레깅스를 입고 나간 첫날은 아직도 잊을 수 없다.

여성들이 처음 비키니를 입을 때 이런 기분일까?

어색하고 신경 쓰였다. 몸을 거울에 몇 번 비춰보다 결국

레깅스 위에 반바지를 덧입고 밖으로 나섰다.

아무도 나에게 신경 쓰지 않았지만, 마치 모든 사람들이

나만 보는 것 같았다. 막상 입어보니 레깅스는 완전히 신세계

였다. 몸을 단단히 잡아주어 기능이 뛰어나 달리기에만 집중할

수 있었다.

그날 이후 나는 당당한 레깅스 러너가 되었다.

2022년 4월 남성 레깅스 전문 브랜드인 레스테에서 러닝 크루

모집공고가 떴다. 남성용 전문 레깅스는 부담스러웠지만,

반바지가 필요하지 않아도 될 정도로 진화한 제품이었다.

과학적 메커니즘으로 Y존을 완벽하게 커버해 주는 기능이

있었다. 반바지 없이 레깅스만 입고 나가서 하루도 빠짐없이

인증해야 한다니…. 그 선배가 이 꼴을 보면 뭐라고 할까.

망설이다가 호기심이 생겨 신청했다.

나는 3기 레스테 옴므 크루에 선발되었고 21일간의

인증 마라톤이 시작되었다.

매일 뛰는 건 어렵지 않았다.

문제는 레깅스만 입어야 한다는 것이었다.

반바지를 덧입지 않아도 부끄럽지 않도록 과학적인 기술을
적용했다는 특별한 레깅스만 입고 3주간 인증을 하는 일.

이게 보통 힘든 일인가? 매일 새벽 내 방에서 불안한 마음에
반바지를 입었다 벗었다 하는 레깅스 패션쇼가 펼쳐졌다.

어느 날은 과감하게 레깅스만 입고 문을 나섰다.

혹시 아내의 눈에 띌까 조마조마했다.

어두운 새벽이라 사람들은 거의 없었지만 도망치듯
빠르게 달렸다.

다음 날은 레깅스 위에 반바지를 덧입고 뛰었다.

마음이 한결 편했다.

한창 달리고 있다가 문득 레깅스 인증이 생각났다.

마음이 무거웠다. 약속은 지켜야 하고 우승도 하고 싶었다.

매일 인증 포인트를 쌓아서 점수가 높은 사람이 우승하는
방식이라 하루라도 인증을 놓치면 포기해야 했다.

공원 구석진 곳에서 반바지를 벗고 레깅스만 입은 채
사진을 찍었다.

나만의 해결책이었다.

반바지 없이도 레깅스 인증에 익숙해질 무렵, Y존 커버 패드가
도착했다. 팬티 없이도 Y존 돌출을 방지하는 장비였다.

설명을 읽는데 웃음이 났다.

'여성의 브라 패드 원리를 적용하여 남성 Y존 부위 안쪽에
커버 패드를 장착할 수 있게 하였다.

물리적인 방어력을 갖추면서도 유선형의 젠틀한 쉐입을
유지하고, 레깅스만 착용해도 심리적인 안정감을 줄 수 있다.'

문득 원주민들이 쓰는 보호구가 떠올랐다.

나체에 가까운 상태로 살아가는 열대지방 원주민들이
사용하는 남성 성기에 씌우는 통 모양의 보호구.

방문을 잠그고 그 녀석을 장착한 후 레깅스를 입었다.

그런데 이게 뭐지? 장비를 쓰기 전엔 조금 튀어나와 보였는데
커버 패드 자체의 입체감 때문인지, 오히려 더 도드라져 보였다.

'이건 도저히 안 되겠다.'

노팬티 상태로 이걸 장착하고 레깅스만 입고 나가서
사진을 찍는다? 물론 좋은 제품이었지만,
나는 레깅스만 입고 인증하기로 했다.

2022년 5월, 3주간의 레깅스 인증이 끝나고
나는 최종 우승자가 되었다.

하하, 내가 1등이라니. 우승 상품은 특별한 레깅스였다.

타오르는 불꽃같이 선명한 붉은색 레깅스.

제품 사진을 보고 놀라서 담당자에게 전화를 걸었다.

"안녕하세요. 이번에 크루 챌린지에서 우승했는데요.

혹시 1등 상품이 빨강 레깅스인가요? 그 색깔은 제가 도저히

못 입고 다닐 것 같아요.

죄송하지만 검은색으로 바꿔주실 수 있나요?"

그가 당황해하며 말했다.

"죄송해요. 이미 경품으로 정해진 제품이라서 바꿔드리진

못해요. 좀 튀어 보이기는 해도 착용감이 편해서 요가 하시는

분들이 많이 입으시고 저희 대표님도 좋아하세요."

문제의 레깅스는 유튜브 아이콘을 연상시키는 붉은색이라

시선을 사로잡았다. 어차피 입지 않을 옷이라 옷장 서랍에

깊숙이 넣었다.

8개월 뒤, 2023년 서울 마라톤을 준비할 때였다.

곧 대회가 있어서 경기 당일 복장을 미리 준비해야 했다.

땀에 쓸리지 않도록 위에는 싱글렛(러닝용 민소매 상의)를

준비했다.

밑에 입을 옷을 고민하다가 검은색 레깅스를 꺼내서 대회 때

입기로 했다.

인스타그램 피드에 서울 마라톤을 준비하는 러너들의 복장

인증이 계속 올라왔다.

형형색색 러너들의 대회 옷차림에 눈이 휘둥그레졌다.

대회 복장은 무조건 화려해야 달리는 기분도 나고
사진도 많이 찍힌다는 러닝 선배들의 말이 그제야 이해되었다.
나도 가장 화려한 옷을 찾기로 했다.
옷장을 열어보니 안쪽 구석 깊이 넣어둔 타오르는 불꽃,
문제의 붉은색 레깅스가 눈에 들어왔다.
보물이라도 찾은 것처럼 꺼내 입었다.
'아! 그래서 네가 내게 왔구나.'
마치 원주민들이 전투를 준비하며 자기 몸을 선명하게
색칠하듯, 강렬한 붉은 색 레깅스는 나에게 색에 대한
금기를 없앴다.

대회 날 새벽, 나는 빨강 레깅스를 입고 당당히 버스에 올랐다.
알록달록한 새의 깃털로 장식한 전사처럼 대회장으로 향했다.
남들의 시선은 더 이상 두렵지 않았다.
특별한 도전의 순간마다 나는 붉은 레깅스를 입는다.
그때마다 나는 다시 한 번 삶의 전사로 태어난다.

_____그녀가 달리는 이유

달리기 책을 찾다가 문득 멈춰 섰다.

벨라 마키의 『시작하기엔 너무 늦지 않았을까?』에 손이 갔다.

다이어트에 성공해서 바디 프로필을 찍고,

아름다운 몸으로 다시 태어난 자신을 사랑하게 되었다는

신데렐라 같은 이야기를 예상했다.

하지만 벨라 마키는 달랐다.

그녀는 자신을 '하찮은 러너'라고 소개했다.

달리면서도 술을 마시고, 담배를 피우고, 먹고 싶은 건 다 먹었다.

책을 내자, 사람들은 그녀를 대단한 러너로 여기며 물었다.

"달리면서 가장 힘든 순간이 언제였나요?"

그녀는 매번 살짝 당황한 듯이 말했다.

"사실 5년 차 러너인데 제 최장 기록은 15km예요. 그 이상은

못 달려요. 배가 고파서요. 샌드위치를 사 먹는 순간 그날의

러닝은 끝나죠. 그래서 제 기록은 항상 15km에서 멈춰요."

웃음이 터졌다.

기록을 좇는 러너들과 달리, 그녀의 달리기는 유쾌했다.

목표만 바라보며 달리던 나에게는 신선한 충격이었다.

우리는 종종 멋진 말로 달리는 자신을 포장한다.

인터뷰에서 "당신은 왜 달리나요?"라는 질문을 받으면,

그럴듯한 대답을 준비하곤 한다. 하지만 벨라 마키는

구질구질한 이유로 달린다고 말한다.

솔직한 그녀의 한마디가 오래도록 마음에 남았다.

우리도 처음 달리기를 시작했을 때 그다지 멋지지 않았다.

저마다 가슴속에 숨은 이유가 있었을 뿐이다.

그것이 아무리 사소해 보여도, 누구도 그 이유를 평가할 수 없다.

벨라 마키는 첫 장거리 달리기의 느낌을 이렇게 적었다.

넘으면 안 될 것 같던 경계선을 넘었다.

템스강 위 다리까지 처음으로 달렸다.

마치 신경증에 걸린 영화 속 포레스트 검프처럼.

몸이 버틸 때까지 달리고 또 걸었다.

내 몸을 의식하지 않고 주변을 온전히 받아들였다.

그 순간, 승리자가 된 기분이었다.

나는 첫 장거리 달리기에서 느낀 기쁨을 이렇게 적었다.

어느 날 밤, 호수공원을 달렸다.
고요한 아파트 그림자가 은빛 물결로 출렁거렸다.
발소리가 규칙적으로 퍼지며 주로를 감쌌다.
흐르는 눈물을 닦으며 달리고 또 달렸다.
이 길을 달리기 위해, 나로 살기 위해 달려왔다.
나는 살아 있었다.

달린다고 모든 문제가 해결되지는 않는다.
하지만 달리면서 어려움을 이겨낼 용기와 버틸 힘을 얻는다.
배가 고파 멈추어도, 숨이 차 주저앉아도 괜찮다.
하프 마라톤을 완주하지 못해도 괜찮다.
어떤 이유라도 상관없다.

오늘도 운동화 끈을 조여 매고 집을 나서는 당신이 진짜 러너다.

_____ 인(人)별과 지구별

"별'이라는 단어가 좋다.

　2021년 5월, 인스타그램에 첫발을 내디뎠다.

　'인(人)별'이라 불리는 그곳은 사람들의 별이다.

　가장 어두운 순간 빛나는 별처럼, 이곳은 사람들로 반짝이는
　작은 우주다.

지금 나는 인별과 지구별에 대해 이야기하려 한다.

　혼자 달린 지 1년 반이 지난 2022년 5월, 바나나 러닝 클래스에
　등록했다. 코로나로 마스크를 쓰고 수업을 받느라 서로
　얼굴 조차 알 수 없었다.

　저녁 수업이 끝나면 다들 서둘러 집으로 돌아갔다.

　오랫동안 혼자 달리다 보니, 잘못된 자세를 고치기도
　쉽지 않았다. 체계적인 훈련이 처음이라,
　잘 따라갈 수 있을지 늘 긴장되었다.

　코치님과 매니저님이 세심하게 지도해주셨지만, 함께 훈련하는
　러너 중에는 아는 사람이 없었다.

　시간이 지날수록 외로웠다.

　클래스에 오면 함께 달릴 친구가 생길 줄 알았다.

　주말에도 연락해서 함께 달릴 수 있는 러너 한 명쯤은
　쉽게 만나리라 믿었지만, 현실은 달랐다.

코로나로 대회가 열리지 않아, 사람들과 같은 목표를 향해
땀 흘리며 함께 도전할 기회도 없었다.
두 달이 지나면서 고민이 깊어졌다.
　'훈련도 힘들고 아는 사람도 없는데. 스트레스 받으면서
계속 다녀야 할까? 아니면 다시 새벽에 조용히 혼자 뛰는 게
낫지 않을까?'
　매주 같이 훈련하는 러너들을 SNS에서 팔로우하며 응원하고
싶었지만, 누가 누구인지 구분할 수가 없었다.
　유일하게 아는 계정은 나를 러닝 클래스로 이끌어주신
연진 코치님뿐이었다. 어느 날, 코치님의 스토리 훈련 사진에서
미나 님을 보았다. 반가운 마음에 팔로우를 눌렀다.
　러닝클래스에서 스쳐 지나던 그와 인스타그램 친구가 되었다.
산을 좋아하는 그는 자주 트레일러닝(산이나 비포장 길 달리기)
대회에 참가하며 사진을 올렸다.
　어느 날 SNS에서 주말 번개 모임에 참가한 러너들의 사진을
보았다.
　부러운 마음에 댓글을 남겼다.

"정말 부럽네요. 혹시 바나나 수업 외에 정기 모임이 있나요?"
"정기 모임은 없고요. 가끔 장거리 숙제가 있을 때 번개로 만나요."
　'나도 함께하고 싶다'라는 생각이 들었지만 말을 꺼내지 못했다.
　잠시 뒤 메시지가 도착했다.

"카톡 아이디가 어떻게 되시나요?

번개 채팅방에 초대해 드릴게요."

그날 인별에서 별 하나를 만나 카톡방에 첫인사를 남겼다.

그 뒤로 사람들과 함께 훈련하며 나는 차차 밝아졌다.

누군가와 함께 달리는 것은 낯설지만 설레는 경험이었다.

러닝 클래스에 자연스레 발걸음이 향했다.

언제나 마음을 다해 달리는 그들의 열정이 좋았다.

추석 전날 밤, 카톡방에 재군 님이 주최한 광교산 야간 트레일

러닝 번개 공지가 올라왔다. 첫 모임이라 감사한 마음으로

도넛을 준비했다. 조금 늦게 출발해 가장 뜨거운 오후 시간을

피할 수 있었다. 부부 러너인 선 님과 영태 님, 첫 트레일러닝에

도전한 국형 님, 우리를 이끄는 진 님, 울트라 트레일러너 미나 님,

번개를 주최한 재군 님, 그리고 나까지.

총 7명의 광교 바나나 러너들이 한자리에 모였다.

여우길을 따라 형제봉으로 향했다.

진입 후 여러 번의 갈림길을 지났다. 완만한 오르막과 내리막을

거쳐 경기대를 통과했다. 이제 본격적인 오르막이 시작되었다.

선두에 있는 진 님과 뒤를 잇는 미나 님의 안정된 호흡에

감탄했다. 계단을 오를 때는 허벅지를 누르며 한 번에 두 칸씩

오르는 팁을 배웠다. 힘이 빠질 무렵, 형제봉 정상에 도착해서

단체 사진을 찍고 하산했다.

첫 트레일러닝을 마친 자신감은 내 발걸음을 더 먼 곳으로
이끌었다.

1년이 지나 또 다른 도전을 만났다.
　JTBC 마라톤이었다. 춘천 마라톤 풀코스에서 최고 기록을
세운 지 불과 2주 만에 다시 풀코스 도전이었다.
　아침 8시가 조금 넘어 B조에서 출발했다.
　춘천 때보다 느린 4분 55초 페이스로 시작했지만, 출발 직후
부터 다리가 돌덩이처럼 무거워졌다. 기운이 빠져나가는 듯한
느낌에 당황스러웠다. 처음부터 이렇게 힘들 줄은 몰랐다.
5km를 지나던 무렵, 주로에서 익숙한 얼굴을 만났다.
　미나 님이었다. 힘들어서 오늘은 천천히 달릴 거라며, 나에게
먼저 가라고 손짓했다. 잠시 인사를 나누고 다시 앞으로
나섰다. 하지만 발걸음은 무겁고 숨이 가빠졌다.
　지금껏 대회에서 완주하지 못할 거란 생각은 해본 적이 없었다.
오늘은 달랐다. 겨우 5km를 넘겼을 뿐인데 남은 거리가 까마득
하게 느껴졌다. 6분 페이스로 속도를 늦출지, 아니면 6분 30초
까지 더 천천히 달릴지 고민하느라 머릿속이 복잡했다.
　그런 생각조차 버거울 만큼 몸에 힘이 없었다. 말을 듣지 않는
몸으로 간신히 10km 지점을 지났다.

　뒤에서 다시 그의 목소리가 들렸다.

"또 만났네요."

실낱같은 희망으로 물었다.

"오늘 컨디션이 너무 안 좋네요. 혹시 같이 달려도 될까요?"

"좋아요. 천천히 같이 달려요."

우리는 함께 달리기 시작했다.

한 걸음 내디딜 때마다 발이 바닥에 끌리는 듯했지만,

나란히 보폭을 맞추려 애썼다.

평소 훈련 때처럼, 서로의 발소리에만 집중했다.

하지만 천천히 달리는 그를 따라가기조차 쉽지 않았다.

괜히 나 때문에 그가 더 힘든 것이 아닌지 미안했다.

"먼저 가실래요?"라는 말을 꺼내고 싶었지만, 그럴 때마다

나를 보며 말없이 달리는 그의 모습에 차마 입이 떨어지지

않았다. 혼자 낙오하든 걷든 모든 걸 내려놓고 싶은 마음이

간절했다. 하지만 곁에서 맞춰주는 발걸음 덕분에 억지로라도

버텼다. 지금 놓아버리면 모든 것이 무너질 것만 같았다.

이렇게 힘겹게 풀코스를 뛰는 건 처음이었다.

급수대에서 물을 마시고, 중간중간 에너지 젤을 먹으며

계속해서 앞으로 나아갔다.

오르막길이 나타났다. 보폭을 짧게 하고 팔을 치며 올라갔다.

평소 코치님이 언덕 훈련 때마다 "팔을 뒤로 쳐야 올라가지요!"

라고 강조하시던 말씀이 떠올랐다.

'그래, 팔을 쳐야 올라가지!'

혼자라면 포기했을 거리를 발소리에 의지하며 겨우 달렸다.

10km에서 시작된 동반주는 어느새 20km를 지나 30km를 넘어서고 있었다.

"혹시 저 때문에 너무 천천히 달려서 힘들지 않으세요?"

그가 미소를 지으며 말했다.

"승우 님이 계셔서 저도 지금 겨우 버티고 있어요."

그 순간, 그와 나는 서로의 페이스메이커였다.

포기할 수 없었다.

우리는 둘이 아닌 하나가 되어 달리고 있었다.

38km 반환점에 도착했다. 발걸음이 느려졌다.

이제 더 이상 버티기 힘들었다. 주위에는 응원단이 서 있었고, 힘찬 응원과 함성이 들려왔다. "거의 다 왔어요!", "멋지다! 할 수 있다!", "파이팅! 조금만 더 힘내세요!"

그 순간, 귓가에 익숙한 노래가 울려 퍼졌다. '질풍 가도'였다.

"한 번 더 나에게 질풍 같은 용기를~ 거친 파도에도 굴하지 않게~"

가사가 가슴에 닿자, 꾹 참고 있던 눈물이 터져 나왔다.

애써 참아왔던 고통과 피로가 한꺼번에 밀려왔다.

입술을 꽉 깨물며 마음을 다잡았다.

'이제 조금만 더 힘내자. 끝까지! 나는 오늘 반드시 완주한다.'

'그래. 한 번 더! 질풍 같은 용기를 내자. 힘을 내자.'

오르막길을 넘었다.

그와 나는 서로의 보폭에 맞춰 계속 달렸다.

주변을 의식하지 않고 달리며, 따뜻한 응원 속에서 서로를
격려하며 나아갔다.

드디어 42km. 결승선이 눈앞에 펼쳐졌다.

출발 후 10km 지점부터 함께 달린 그와 결승선을 같이 넘기로
했다. 고마운 마음에 그의 손을 덥석 잡고, 힘차게 번쩍 들어
올렸다. 결승선을 넘는 순간, 온몸의 고통은 사라지고 서로를
향한 감사함으로 가슴이 벅차올랐다.

이번 대회는 미나 님과 고마운 분들 덕분에 완주할 수 있었다.
바나나 연진 코치님, 써니 매니저님, 피트니스플레이, 갱런,
런치광이, SNS 친구들. 그리고 '질풍 가도' 노래까지.

별들이 모인 인별, 사람들이 모인 지구별.
이곳은 사람들로 반짝이는 작은 우주다.

사람들은 SNS의 어두움을 말하지만, 그 안에서 어떤 빛을
낼지는 결국 우리의 선택이다. 여기서 나는 별처럼 빛나는
사람들을 만났고, 그들의 반짝임에 때로는 눈이 부셨다.
오늘도 나는 인별과 지구별을 오가며, 별들 속에서 나를 비춘다.

왜 돈 내고 배우냐고?

"유튜브 보면서 혼자 뛰면 되지, 왜 굳이 돈을 내고 러닝 클래스에 다닐까?"

처음엔 달리기를 배우는 사람들을 이해할 수 없었다.

운동선수도 아닌데 돈까지 내고 배운다는 게 이상했다.

훈련이라는 개념조차 없었다. 새벽에 10km를 달리면 기분이 좋았다. 건강과 즐거움을 위해 매일 같은 곳을 비슷한 속도로 무작정 달렸다. 기술도 계획도 없고, 오로지 정신력에 의지했다. 시간이 지나면서 운동만으로는 성장할 수 없다는 걸 알게 되었다. 더 나아지려면 목표와 계획을 세우고 그 과정을 기록하는 훈련이 필요했다.

훈련은 성장을 목표로 한다. 달리기는 단순한 즐거움을 넘어, 나를 성장시키는 도전으로 변해갔다.

어느 날 인스타그램에서 연진 코치님의 피드를 보았다.

운동선수인지, 연예인인지 헷갈릴 만큼 멋진 모습이었다.

'이런 분께 배우면 어떨까?'

하지만 수업에 나갔다가 훈련을 따라가지 못해 중간에 포기할까 봐 두려웠다. 4개월을 고민한 끝에 바나나 러닝 클래스에 용기를 내어 등록했다.

"코치님, 드디어 저도 클래스 신청했어요. 열심히 배워보겠습니다!"

런클럽 첫 훈련 날, 모든 것이 낯설었다. 초보 티를 감추려 'RUNDAY' 티셔츠를 입고 갔지만, 스트레칭부터 어색함이 밀려왔다. 스트레칭이 끝나자 가벼운 조깅이 시작되었다. 어느 조에 붙어야 할지 망설이다가, 가장 잘 뛰는 사람들이 있는 첫 번째 그룹 뒤에 섰다.

처음엔 조깅 페이스가 너무 느려 '혹시 내가 초보 러닝 클래스에 잘못 온 게 아닐까?' 하는 후회가 들었다.

느리게 시작했던 페이스는 점점 빨라지더니 어느새 4분 30초 까지 치솟았다. 숨이 턱까지 차올라서 포기하고 싶다는 생각이 들었을 때, 마침내 조깅이 끝났다.

'이게 진짜 훈련이구나.'

정신을 차릴 새도 없이 코치님의 목소리가 계속 따라다녔다.

"승우님, 팔 내리세요!"

팔에 힘을 빼고 몸 뒤로 자연스럽게 흔들어야 했지만, 나는 권투선수처럼 팔을 하늘 높이 찌르고 있었다.

하프와 풀코스를 완주했던 자부심은 첫 수업에서 무너졌다.

'그냥 달리면 되는 줄 알았는데….

이렇게 체계적인 훈련이 필요하구나.'

첫 훈련은 나를 겸손하게 만들었다.

만약 계속 혼자서 달렸다면, 잘못된 자세와 무모한 도전이

결국 부상으로 이어졌을지도 모른다.

그동안 내가 비효율적으로 달렸고, 고칠 점이 많다는 걸 깨달았다. 훈련을 시작한 지 3년이 지났다.

러닝 클래스를 통해 나는 많은 것을 배웠다.

하나. 달리기를 제대로 배운다.

"탄력 살리고 고개 들지 마세요. 앞사람 허리 보고 집중하세요."

"지금 페이스 딱 좋아요. 정확해요."

코치님이 잘못된 자세를 바로잡아 주신다.

러닝 크루에서는 서로의 자세에 대해 지적하기 어렵지만, 클래스에서는 부족한 점을 수시로 지적받고 개선할 기회를 얻는다. 또한 대회 일정과 몸 상태에 맞춘 체계적인 계획에 따라 계단 훈련, 보강 운동, 인터벌, 언덕 파틀렉, 장거리 훈련 등 다양한 프로그램을 통해 목표를 달성할 체력과 정신력을 키울 수 있다.

둘. 새로운 목표가 생긴다.

"저 이번에는 풀코스 3시간 30분 목표 조에서 뛸게요."

혼자서 달릴 때는 풀코스 완주만으로 만족했지만, 클래스에서는 자신의 속도와 한계를 정확히 알고 새롭게 도전할 수 있다. 나는 '3시간 30분 이내 풀코스 완주'라는 같은 목표를 가진 러너들과 함께 훈련한다.

셋. 함께 도전하는 기쁨을 배운다.

"이제 트랙 2바퀴만 더 버텨요. 우리 조는 낙오 없어요."

"이번이 마지막 언덕이에요. 끝까지 힘내요!"

클래스는 기록 개선을 위한 훈련이 목적이다.

서로가 성실하게 목표를 향해 나아간다.

힘든 순간을 견뎌내며, 동료애로 훈련을 이겨내고 함께

도전하고 완주하는 기쁨을 나눈다.

넷. 비슷한 페이스의 파트너를 만난다.

"풀코스 목표 3시간 30분조 파이팅! 오늘은 형석 님이 리딩해

주세요. 오버페이스 조심!"

"수영 님, 지금 페이스 너무 좋아요. 딱 지금처럼요. 완벽해요!"

각자의 목표와 속도에 맞춰 조를 나누고, 비슷한 페이스의

파트너와 함께 훈련한다. 다 같이 준비운동을 하고,

본 훈련에서는 목표에 맞춰 조별로 달리며 서로를 북돋운다.

다섯. 꾸준히 운동할 수 있다.

"여러분, 컨디션이 항상 좋을 수는 없어요. 해내야 해요.

한고비를 넘기면 금방 괜찮아져요."

피곤해도 훈련이 있는 날은 무조건 나가서 달린다.

코치님의 진심 어린 지도 덕분에 힘든 훈련조차 즐겁다.

이제는 친해진 러너들과 함께 달리는 시간이 기다려진다.

여섯. 운동에만 집중할 수 있다.

"바람막이 저한테 주시고, 물 먼저 드세요. 정리는 제가 할게요."

"가방이랑 짐은 여기 두시면 돼요."

코치님과 매니저님은 우리가 오직 달리기에만
집중할 수 있도록 급수부터 간식까지 필요한 모든 것을
세심하게 챙겨주신다.

러닝 클래스에서는 단순히 달리는 기술만 배우는 것이 아니다.
코치님의 땀과 경험을 통해 시행착오를 줄이고, 부상을 예방
하며, 더 나은 나로 성장하는 법을 배운다. 몸과 마음이 건강한
사람들과 함께 도전하면서 마음의 벽을 허물고
세상과 소통하고 자신을 사랑하는 법을 배운다.

누군가 "왜 돈을 내고 달리기를 배우냐"고 묻는다면,
나는 이렇게 답할 것이다.

우리는 왜 달리기를 운동이 아니라 훈련이라고 할까요?

_____ 러닝화의 생일

달릴 때 꼭 '러닝화'를 신어야 할까?

처음 4개월 동안은 운동화를 신고 달렸다. 전문 러닝화가
있다는 이야기를 들었지만, 관심 없었다. 마라톤 선수도 아닌데,
아무리 성능이 좋아도 굳이 사야 할 필요를 느끼지 못했다.

마흔여섯에 처음 달리기를 시작했다.

달린 지 3개월 만에 첫 하프 마라톤을 완주했다. '운동신경이
둔한 나도 달릴 수 있구나.' 하는 생각에 놀랍고 뿌듯했다.

어느 날, 블로그 이웃이 하프 마라톤을 완주했다는 소식을
듣고 자극을 받았다. 나와 같은 초보라고 생각했던 그가 먼저
성공하자 오기가 생겼다.

지금까지 달린 최장거리인 12.25km에서 8.75km를 더 달려야
했지만, 도전하기로 했다.

성공할 수 있을지는 알 수 없었다.

영하 15도의 추운 겨울, 장거리 달리기.

오직 열정 하나로 밖을 나섰다.

도중에 포기할까 봐 팀원들에게 글을 남겼다.

"오늘 첫 하프 마라톤에 도전합니다. 곧 출발합니다."

단톡방에 응원이 쏟아졌다.

'팀원들에게 부끄럽지 않게, 끝까지 해내자!'

우여곡절 끝에 2시간 10분 만에 첫 하프 마라톤을 완주했다.

완주를 기념하며 나에게 첫 러닝화를 선물하기로 했다.

100년이 넘은 미국 러닝화 브랜드 '써코니'.

특히 '엔돌핀 프로'와 '엔돌핀 스피드'가 러너들에게 인기였다.

밑창에 카본 플레이트가 있는 '엔돌핀 프로'는 달릴 때 발이
통통 튄다고 했다.

'이런 신발을 신고 달리면 어떤 느낌일까?'

'엔돌핀 프로'는 이미 품절이었다. 여기저기 찾아보다가 다행히
'엔돌핀 스피드' 새 제품을 찾아 바로 주문했다.

며칠 뒤, 택배가 왔다.

뽁뽁이에 싸여 내 품에 안긴 새 러닝화.

상자를 열자 흰 종이 사이로 형형색색의 실루엣이 나타났다.

아기를 안듯 조심스럽게 한 쪽씩 들어 보았다.

유레카! 무게를 느끼지 못할 정도로 가볍고, 눈부신 색감에
단숨에 반했다.

신발에 발을 넣는 순간, 몸의 중심이 앞으로 쏠렸다.

마치 용수철처럼 튕겨 나갈 준비가 된 것 같았다.

밖으로 나가 달리자 발이 통통 튀었다.

그 반발력! 첫 러닝화가 준 잊을 수 없는 경험이었다.

"그렇구나.
내가 무거운 운동화를 신고 힘겹게 달리던 그때,
다른 러너들은 이런 신발로
구름 위를 달리는 기분이었겠구나."

처음 러닝화를 신은 날,

신발 안쪽에 '2021. 1. 23.'이라는 날짜를 적었다.

그 순간, 신발은 처음 생명을 얻은 듯했다.

하나씩 더해가는 숫자처럼, 달리는 나의 삶도 더 큰 가능성을

향해 나아갈 것 같았다.

블로그에 후기를 남기고, 기념으로 10km를 달렸다.

신어보니, 왜 사람들이 좋은 러닝화를 선호하는지 알게 되었다.

누구나 일 년에 한 번, 생일을 맞는다.

러닝화의 생일은 만들어진 날이 아닌, 함께 첫 걸음을 내디딘

날이다. 멈춰 있던 신발이 달리기를 시작한 날부터, 길 위에서

호흡을 맞추는 특별한 동반자가 되었다.

러너가 죽으면, 먼저 가 있던 러닝화가 마중 나온다는

이야기가 있다.

먼저 떠난 반려동물이 주인을 기다리듯,

언젠가 먼 길을 떠날 때 나의 러닝화도 우리가 함께했던

모든 순간을 기억하며 반갑게 나를 맞아줄

친구가 되어주길 바란다.

_____한라산을 뛰면 생기는 일

제주에서 2박 3일 교육이 잡혔다.

　매년 한라산에 가보고 싶다는 생각을 했지만 온종일 교육이라
틈틈이 해안도로를 달리는 것 외에는 시간 내기가 어려웠다.
올해 초 트랜스 제주 100km를 신청했다가 취소해서
아쉬운 마음이 있었는데, 이번엔 교육 하루 전날 와서 한라산에
오르기로 마음먹었다. 한라산은 첫 등반이라 막막했다.
알아보니 예약은 필수였고 관음사나 성판악 코스에서 출발해야
정상에 오를 수 있었다.
입산 시간은 5월 말(하절기) 기준으로 5~8시, 8~10시, 10~13
시였다. 관음사가 성판악 코스보다 난이도가 더 있다고 해서
오히려 끌렸다. 게다가 성판악 코스는 인기가 많아서 이미
예약 마감이라 5월 26일 일요일 10~13시 관음사 코스로 예약을
마쳤다.

　문제는 3박 4일간 갈아입을 옷과 노트북 등 큰 배낭에 가득 든
짐이었다. 아침 비행기로 제주공항에 도착하자마자 숙소에
들르지 않고 논스톱으로 한라산을 오르는 스케줄이라,
그 무거운 짐을 메고 뛰어오를 수는 없었다. 그렇다고 숙소에서
하루 쉬고 다음 날 새벽에 다녀오기에는 교육 시작 시간에

늦을 수 있는 상황이라 난감했다.

트레일러닝 복장으로 가볍게 다녀오기 위해 짐을 보관할 장소를
알아보니, 성판악 코스에 무료 물품 보관함이 있었다.

건물 입구에 지하철처럼 사물함이 있어서 짐을 맡기고 등반할
수 있었다.

성판악은 이미 예약이 마감돼서 지금은 자리가 없지만, 하루가
지나면 혹시 날씨 탓에 취소하는 사람이 나오지 않을까?

다음날 다시 예약 사이트에 접속해보니 딱 2자리가 있었다.

부랴부랴 관음사를 취소하고 성판악 코스로 예약했다.

성판악으로 입산해서 정상을 찍고 관음사로 하산하고 싶었지만,
짐을 찾아야 하니 왔던 곳으로 되돌아오는

'성판악 – 정상(백록담) –성판악 코스'로 등반코스를 정했다.

등반 소요 시간이 궁금했다. 입산에서 하산까지 대략 8~9시간이
걸린다고 하는데, 트레일러닝 기준으로는 얼마나 걸릴까?

김포에서 제주까지 당일치기 트레일러닝으로 한라산 성판악
코스를 뛰어서 왕복 4시간 30분이 걸렸다는 글을 보았다.

그분처럼 빨리 다녀올 수 있을지는 모르지만 도전해 보기로
했다.

가슴이 뛰기 시작했다.

진달래밭 대피소는 성판악 탐방안내소(해발 750m)에서

속밭 대피소와 사라오름을 지나 7.3km를 가면 만나는 곳이다. 정상까지 2.3km 떨어져 있는 지점이고, 트레일러닝 용어로는 CP(보급소 및 체크포인트)나 마찬가지다.

첫 번째 CP1은 출발지에서 4.1km 떨어진 속밭대피소지만, 여기는 시간제한이 없다. 문제는 CP2인 진달래밭 대피소이다. 아무리 늦어도 오후 1시까지 이곳을 통과하지 못하면, 정상으로 올라갈 수 없다. 컷오프 시간이 있다는 것은 알았지만, 울트라 마라톤까지 완주한 러너인데, 등산하다 컷오프될 일이 있을까 싶어 관심이 없었다.

한라산 입산에서 하산까지 총 4시간 30분이 걸렸다는 그의 일정을 시뮬레이션 하듯 꼼꼼히 짚어보았다. 아침 7시에 김포 공항에 와서 편의점 김밥을 먹고 8시 비행기로 출발해서 오전 9시 15분, 제주공항 도착. 제주공항에서 9시 50분에 출발하는 181번 버스를 타고, 40분이 지난 10시 30분에 성판악 입구에 도착. 옷 갈아입고 화장실 등 준비를 마치고 10시 50분에 입산.

입산 후 1시간 15분간을 달려서 오후 12시 5분에 CP2인 진달래밭 대피소를 여유 있게 통과. 5분 휴식 후 40분을 달려서 12시 50분에 정상에 올라 백록담 도착. 30분간 간식 먹고 쉬다가 1시 20분에 하산 시작. 오후 3시 5분에 하산 완료. 입산 2시간 5분, 하산 1시간 45분을 합치면 실제 뛰거나 걸은 시간은 3시간 50분,

휴식 시간은 40분이다.

한라산 경험이 많은 그에 비해 초행길인 내가 30~40분 정도 느리게 달릴 것으로 가정하여 계산하니, 성판악 입구에서 그와 똑같은 시간인 오전 10시 50분에 출발해도 컷오프 시간인 오후 1시까지 CP2인 진달래밭 대피소 무사통과가 예상된다. 제주공항에서 성판악까지 가는 181번 버스 시간표를 보니, 9시 50분 직전 버스 탑승 시간은 9시 10분이다. 김포에서 제주까지 비행 시간이 1시간 15분이니, 이 버스를 타려면 오전 7시 35분까지 비행기로 출발하면 된다. 제주공항에 도착해서 버스 탑승까지는 20분 정도 있기에 더 여유롭게 한라산을 오를 수 있다.

이제 몇 시 비행기를 타야 할지 정확한 계산이 나온다.

아침 7시 25분에 출발하는 아시아나 항공으로 예약했다.

나보다 앞서 한라산을 올랐던 그보다 35분 빠른 비행기로 출발해서, 40분 일찍 입산하는 일정으로 느긋하게 즐기면서 등반하기로 했다.

이제 한라산 등반 계획은 끝났다!

아직 공항버스가 남아 있다. 집에서 30분 거리인 수원 광교마을 린병원 정류소에서 새벽 4시 58분에 출발하는 공항버스를 예매했다. 비행기 출발 2시간 27분 전이라 이른 감은 있지만, 다음 시간이 6시 13분이라 선택의 여지가 없다. 공항버스도 끝났으니, 알람을 맞출 차례다. 집에서 새벽 4시 30분에 나가니까, 적어도 새벽 4시에는 일어나야겠지? 알람을 3시 50분, 55분, 4시로 맞춰 놓았다. 계획은 완벽했다.

이제는 짐을 챙길 시간이다.

한라산 등반 당일 제주도 날씨 예보에는 오전에 흐리고 오후부터 비가 온다고 되어 있다. 일기예보가 틀리기를 바라며 얇은 바람막이 하나와 소매 없는 싱글렛, 짧은 반바지를 챙긴다. 교육받을 때 필요한 메모와 회사 업무를 처리할 노트북도 같이 챙긴다. 필수 준비물은 러닝화다.

보통 날씨가 좋을 때는 로드용 러닝화 하나만 넣는데, 한라산 등반 일정이 있으니, 트레일러닝화를 같이 챙긴다.

운탄고도 42km 트레일러닝 대회를 함께 뛴 호카 스피드고트 5와 로드용으로 써코니 엔돌핀 스피드 4를 넣었다.

혹시 힘들 때를 대비해서 에너지 젤이 필요할까?

무슨 대회에 나가는 것도 아닌 산 하나 오르고 해안도로를 천천히 달릴 건데 굳이 요란하게 그것까지 챙겨야 하나 싶었지만, 혹시 몰라서 챙기기로 했다. 에너지 젤 2개, 트레일러닝 조끼와 소프트 물통 2개를 챙겼다.

이것저것 챙기다 보니 벌써 새벽 1시다.

이제 준비를 마치고 자야 한다. 지금 누워도 3시간 자고 일어나야 한다.

피곤했는지 눕자마자 깊은 잠에 빠졌다.

뭔가에 깜짝 놀라 일어났다.

알람이 울렸었나? 지금이 몇 시지? 시계를 보니 새벽 4시 50분이다. 지금 시간이면 가방을 메고 버스 정류소에서 공항버스를 기다리고 있어야 한다. 알람이 세 번이나 울렸는데, 전혀 듣질 못했다니. 자책감을 누르고 잠에서 깬 지 5분 만에 배낭을 메고 집을 나섰다. 상황에 맞춰서 대안을 찾기로 했다.

이번 버스를 못 타면, 공항버스는 물 건너갔다.

다음 버스 시간은 늦어서 비행기 시간에 맞출 수가 없다.

앱을 열어 예매를 취소했다.

이젠 뭘 어떻게 해야 하지?

비행기도 취소하고 한라산도 안녕인가? 지금은 새벽 5시다. 무엇을 하든 만회할 수 있는 시간이다. 놓친 건 공항버스 하나뿐이다. 지하철로 가면 어떨까? 5시 36분 첫차를 타면 오전 7시에 김포공항역에 도착하는데, 비행기 시간이 7시 25분이라 25분 만에 수속을 다 마치고 무사히 탑승할 수 있을까? 출발 30분 전 체크인 마감인데, 모바일 체크인을 해놨으니 괜찮을까?

지하철을 타고 가면서 뒷수습을 하기로 했다.

일단 모바일 체크인을 취소하고 아예 표까지 취소하려고 예매 사이트를 열어보니, 직원과 통화하란다. 전화해 보니 9시

이후로 통화가 가능하다는 메시지가 나온다.

8시 5분에 출발하는 티웨이 항공으로 예약했다. 취소 후 새롭게 예약하다 보니 어느새 김포공항에 도착했다. 7시 5분이다. 아시아나 창구가 보인다. 긴 줄 뒤에 섰다가 급한 마음에 지나가는 직원에게 물었다.

"저 7시 25분 비행기인데, 늦어서 못 탈 것 같아요."
직원이 줄을 넘어오라고 손짓한다. 부칠 짐이 없으니 빨리 들어가면 된다며 도와준다. 예상과 다르다. 7시 25분 비행기를 탈 수 있다고? 정신없이 달려가서 짐 검사를 받고 탑승 게이트에 7시 15분에 들어섰다. 출발 10분 전에 가까스로 탑승했다. 짜릿한 기분에 잠시 취했다가 짐을 올리고 좌석에 앉았다. 이제 다 된 건가? 문득 새로 예매한 8시 5분 티웨이 비행기가 생각났다. 맞아, 그것부터 취소해야지. 느긋하게 취소하려는데 에러가 나며 시간이 간다. 곧 출발하니 잠시 후 휴대전화는 비행기 모드로 해달라는 안내가 나온다. 정상 취소되었다는 메시지가 떴다. 안도의 한숨을 내쉬며 비행기 모드로 바꾸고 눈을 감았다. 밀당의 고수라더니, 한라산을 만나기가 이렇게까지 힘든 일인가? 그래도 우여곡절 끝에 원래 타려던 비행기를 잘 타고 일정도 그대로 추진할 수 있으니 얼마나 다행인지.

졸고 있다가 스튜어디스의 "마실 것 드릴까요?" 하는 목소리에 정신이 들었다. 주스 한 잔을 마셨다.

마음이 편해지니 배가 고팠다.

어제 온종일 점심 겸 저녁으로 갈비탕을 먹고나서 지금까지 물 한 잔 안 마셨으니 그럴 만도 했다. 글 쓰신 분은 김포공항 편의점에서 김밥으로 배를 채우고 간식도 미리 샀다던데 나에게는 그 과정이 없었다.

아! 그러고 보니 성판악 입구에는 매점이고 뭐고 먹을 게 아무것도 없다던데, 어떡하지?

제주공항에도 편의점이 있겠지.

거기서 이것저것 사서 가면 되지.

어차피 물도 사야 하잖아.

그래, 그렇게 하자.

금세 곧 도착한다는 안내방송이 나온다.

내려서 찾을 짐도 없으니 바로 나가자마자 편의점에서 간단히 요기하고, 산에서 먹을 간식을 사기로 했다. 로비로 나오니 갑자기 오늘 온종일 커피 한잔 못 마셨다는 생각이 들어 가까운 커피숍으로 향했다. 아이스 아메리카노 한 잔을 마시며 새벽부터 마음고생을 한 속을 가라앉힌다. 반쯤 마시고 돌아다니며 편의점을 찾아본다. 이쪽 끝에서 저쪽 끝으로 살펴봐도 보이지 않는다. 9시 10분에 타야 할 성판악행 버스 탑승 시간이 다가온다.

어쩌지? 아무것도 못 샀는데.

설마 성판악 입구에 가게 하나 없을까? 가서 찾아보자는
마음으로 제주 공항버스 정류소로 향했다.

눈이 따가울 정도로 햇살이 강해서 선글라스를 썼다.

버스 안내판을 보니 182번이라고 쓰여있고 노선도에 성판악이
라고 적혀있다. 참고했던 블로그에서 181번인가 182번인가
헷갈리게 써놓았는데, 제대로 확인하지 않은 것이 화근이었다.
빈속에 들이킨 아이스 아메리카노로 인해 속은 차갑고 몸은
피곤했다. 공항에서 40분이면 성판악에 도착하겠지? 버스에
타자마자 음악을 들으며 정신을 놓아버렸다.

1시간쯤 지났을까? 도착할 시간이 훨씬 지났는데 버스는 계속
갈 길을 가고 있다. 안내방송에 성판악이란 말이 안 나와서
이상한 생각이 들었다.

잠시 정차했을 때 기사님께 물었다.

"기사님, 혹시 성판악은 어디서 내리면 되나요?" 기사님이
내 말을 듣고 잠시 말을 잃었다. "성판악요? 이 차는 한참을
돌아가는 차라 한 2시간 걸린다고 보면 돼요. 아유, 탈 때 물어
보시지. 뭐 한참 걸리지만 성판악에 가긴 가요."

기사님의 대답에 멍해졌다.

'아니, 김포에서 제주까지 비행시간이 1시간 15분인데, 버스 안에서 2시간이나 기다려야 한다고?' 버스는 9시 10분에 탔는데 성판악 도착시간은 11시 10분이 넘어가는 상황이다.

도대체 무슨 일이지? 치명적인 실수였다.

잘못 탄 버스 하나가 모든 계획을 망쳤다.

망연자실한 표정으로 자리에 털썩 주저앉았다. 빨리 가려고 쫄쫄 굶으며 달려온 것도 모두 오전 10시쯤 한라산 입산을 시작하기 위해서였는데 아무 소용이 없었다.

아무리 생각해도 수습할 길이 없다.

더욱 속상한 것은 CP2 진달래밭 통제소 컷오프 시간인 오후 1시까지 가는 것이 현실적으로 불가능했다. 그 시간까지 못 가면 한라산 정상에 오를 수 없다. 며칠 전부터 시간대와 동선까지 여러 차례 고민하며 준비해 온 노력이 버스 한 곳 차이로 무너졌다. 알고 보니 원래 타야 할 버스는 181번인데, 지금 타고 있는 182번은 멀리 돌아가는 버스였다. 이제 와 후회한들 소용없다. 체념하는 마음으로 앉아있는데, 갑자기 창밖에 후드득하는 소리와 함께 주위가 어두워졌다. 날씨가 흐리다는 예보가 빗나가 세차게 비가 내린다.

엎친 데 덮친다더니.

내리자마자 뛰어도 시간 안에 갈까 말까인데 비바람까지 불면 어쩌란 말인가. 얇은 바람막이 하나만 덜렁 가져오고 비옷이나 우산 하나 없는데, 이 쏟아지는 비를 맞으면서 초행길인 한라산에 오른다는 게 말이 되나?

갑자기 내 수중에 물 한 병도 없고 먹을 것이 하나도 없다는 것에 생각이 미쳤다. 혹시나 해서 다시 찾아보니 성판악 코스 입구 주변에는 정말 매점 하나 없으니 본인이 먹을거리는 반드시 미리 준비해서 와야 한다고 이구동성이다.

'아니, 물도 없고 빈털터리에 버스는 잘못 타서 입산 시간을 다 까먹고, 비는 쏟아지는데 맨몸으로 왕복 19km의 산행을 우중 트레일러닝으로 혼자 간다고? 아무리 한라산이 간절해도 가능한 일일까?'

급기야는 한라산 산행을 마친 후 오후 4시에 입실 예정이었던 게스트하우스 주소를 지도에 찍어본다. 성판악을 지나 두세 정거장만 더 가면 숙소였다. 빗소리를 들으며 이젠 뭘 어떻게 해야 하나 멍하니 앉아있는데 안내방송이 들렸다.

"다음 정류장은 성판악, 성판악입니다. 내리실 분은 미리 벨을 눌러주시기 바랍니다."

버스에 앉은 지 2시간 만에 들려온 기다리던 멘트에 반사적으로 하차 벨을 눌렀다. 버스가 갑자기 대관령을 넘어가듯 오르내리고, 그때마다 쏟아지는 빗소리는 귓가에 더 크게 들린다. 창문을 두드리는 빗소리가 점점 더 선명하게 들려왔다.

옆자리 노부부가 "이런 날씨에 한라산은 무리야"라고 속삭이는 대화마저 귀에 쏙쏙 들어왔다. 빗속에서 강행하는 건 무리라는 생각이 점점 마음을 채우더니, 끝내 여기서 내리지 않기로 했다.
마침 앉아있는 자리가 기사님 바로 뒷자리라 고개만 내밀고
큰 소리로 말하면 되는 상황이다. 엉거주춤 몸을 일으켜 기사님
쪽으로 고개를 내밀었는데 입이 안 떨어진다.
새벽부터 이 고생을 하며 여기까지 왔는데 그까짓
비바람 때문에 포기한다고?

조용히 그대로 자리에 앉았다. 앉자마자 또 이건 아니라는
생각이 올라온다. 성판악에 내려봤자 어차피 비가 많이 와서
돌아와서 한참 동안 같은 버스를 기다렸다가 결국 숙소에
갈 건데, 괜히 쓸데없는 고생하지 말고 그냥 숙소로 바로 가서
근처에서 커피나 마시자는 생각이 들었다. 이번에는 진짜
성판악 정류소에서 안 내린다고 기사님께 말씀드려야겠다.
이제 곧 도착할 분위기라 지금이 마지막 기회다. 몸을 일으켜
앞으로 숙이며 말을 꺼낼 찰나였다.

갑자기 마음속에서 작은 목소리가 들렸다.
'너, 지금 이대로 숙소에 가면 정말 후회하지 않을 자신 있어?
너 이번에 한라산 안 가면 올해는 기회가 없을 텐데 그래도
그냥 숙소에 누워서 후회하지 않을 자신 있어?'
'아니, 성판악에서 내리지 않으면 후회할 것 같아. 먹을 게 하나
도 없어도, 비를 쫄딱 맞아도, 가다가 시간이 늦어 컷오프로

정상에 발을 디딜 수 없더라도. 지금 시도조차 하지 않고 그냥 가면 두고두고 후회할 것 같아. 갈 수 있는 곳까지 가볼 거야. 되든 안 되든 해보는 거야!'

이렇게 마음을 굳힐 때, 버스가 갑자기 멈춰 섰다. 성판악 입구였다. 큰 배낭을 메고 버스에서 내려 빗속을 헤치며 물품 보관함이 있는 건물을 향해 뚜벅뚜벅 걷기 시작했다.

나는 오늘 무조건 한라산에 오르기로 마음먹었다.

성판악 탐방안내소 앞에는 비옷을 입은 하산객들이 있었다. 어차피 나는 준비해 온 것이 없었다. 준비된 것은 그동안 달리며 쌓아온 체력과 꺾이지 않는 마음 하나뿐. 위에는 소매 없는 싱글렛과 얇은 바람막이, 그 위에 트레일러닝 베스트(조끼)를 입었다. 밑에는 짧은 러닝용 반바지에 신발은 호카 스피드고트 트레일러닝화를 신었다. 마침 생수 자판기가 있어서 생수 2병을 사서 소프트 물병에 채워 넣었다. 준비해 온 먹거리가 없어서 입산 후 하산하기 전까지 식사는 불가능했다.

내가 가진 것은 오직 에너지 젤 2개뿐이다. 젤 하나를 꺼내 입에 넣었다. '오늘 나를 살려줄 소중한 에너지가 되어주길.' 하나 남은 에너지 젤과 비닐로 감싼 스마트폰을 조끼 주머니에 넣었다. 바리바리 싸 들고 온 등산객의 봇짐과 달리 우비 하나 없는 가벼운 복장으로 입구에 들어섰다.

매표소 직원분이 어제는 날씨가 좋았다며 하루만 먼저 오셨으면 좋았겠다고 따뜻하게 말을 붙인다.

"그러게요. 아쉽네요."

그가 위로해준다.

"그래도 비가 이 정도라서 다행이에요.

입산 통제는 아니니까요." 어쨌든 감사하다. 조심히 잘 다녀오겠다고 인사드리고 드디어 한라산에 발을 디뎠다.

입산 시간 11시 30분. 계획보다 1시간 30분 지연이다.

이제 진달래니 개나리통제소니 하는 것은 신경 쓰지 않기로 했다. 이미 늦었으니 잊어버리기로 했다. 그러자 성판악 코스가 초보자에게 좋다는 말이 실감났다.

데크 길도 있고 완만해서 트레일러닝에 정말 좋았다. 계속 이런 길이면 정상까지 금방 갈 수 있겠다는 생각이 들었다.

잠시 뛰다가 걷다가 또 달려본다.

힐링하러 왔으니 서두르지 않기로 했다.

출발한 지 45분이 지난 12시 15분에 첫 번째 체크포인트(CP)에 도착했다. 출발지에서 4.1km 떨어진 속밭 대피소였다. 싱글렛(러닝용 민소매 상의)과 트레일러닝 베스트(러닝용 수납 조끼) 위로 비가 계속 쏟아진다. 쉬다가 땀이 식으면 이미 비로 젖어 있는 몸이 더 추워질 것 같았다. 땀이 식기 전에 쉬지 않고 계속 올라가기로 했다. 다음은 1.7km 앞에 있는 사라오름 입구이다.

어느새 쉬운 초보자용 길은 사라지고 화강암으로 된 단단한
돌과 높아지는 경사도로 달리기 어려운 코스가 시작된다.
오늘 어차피 정상까지 가는 것은 불가능하니 가능한 곳까지만
가기로 했다.

저 멀리 사라오름 입구를 가리키는 표지판이 보인다.

원래 내려오는 길에 사라오름에 들를 계획이었지만, 오늘은
시간제한 때문에 정상까지 못 가니 지금 사라오름에 가볼까
하는 생각이 들었다. 우연히 표지판 앞에 서있던 등산객 몇 분이
나누는 대화를 들었다.

"일찍 왔으면 진달래밭 통제소까지 오후 1시 전에 도착할 수
있었을 텐데. 어차피 지금 계속 가더라도 늦어서 정상에 갈 수
없으니 그냥 사라오름이나 보러 가시죠!"

아무 생각 없이 그들을 따라 사라오름 방향으로 발걸음을
옮기려다 문득 한 생각이 번뜩였다. '이분들 말대로라면 입산
시간을 앞당겼으면, 등산객 속도로 통제 시간 내에 들어올 수
있다는 말이다. 그런데 나는 일반 등산객이 아닌 러너다.
이제부터 트레일러닝으로 가면 통제 시간 내에 충분히 들어갈
수 있지 않을까?

되든 안 되든 끝까지 해보자. 포기하지 말자!'

버스를 잘못 탄 이후로 잠시 목표를 잃고 내려놓았던 마음에
활화산처럼 다시 불이 붙었다. 불굴의 러너 정신으로 단 1%의

가능성이라도 있다면 도전하기로 했다.

아드레날린이 솟구친다.

이제 남은 거리는 1.5km, 홈페이지에는 속밭에서 진달래밭까지 예상 소요시간이 1시간 40분이라고 나와 있었지만, 내게 주어진 시간은 단 45분뿐이다.

비가 덜 오는 구간도 있어서 잠시 희망을 품기도 했지만, 시간이 지날수록 빗줄기는 더 굵어지기 시작했다. 어쨌거나 최선을 다하기로 한다. 숨이 차더라도 포기하지 않기로 했다. 아까처럼 완만한 코스는 이제 더 이상 없다.

돌을 밟으며 다리를 높이 들어 올려서 가야 하는 길이 계속된다. 힘들다고 속도를 늦추면 컷오프될 것 같아서 오히려 힘을 낸다. 비에 젖은 돌을 밟고 거침없이 하이킥! 덥고 땀이 나서 산을 오를 때부터 입었던 바람막이를 벗었다. 싱글렛만 입고 숨을 거세게 몰아쉬며 오르는데 하산하는 분들과 마주친다. "멋있어요. 파이팅!" 응원해 주시는 분들 덕분에 남은 힘을 쥐어짠다. 계속 돌을 밟으며 위로 향한다.

도대체 얼마나 가야 진달래밭 통제소가 나오는지 아득할 때쯤 머리 위로 건물 하나가 나타난다. 진달래밭 통제소가 보인다. 가슴이 떨린다.

컷오프일까 아닐까? 성공 또는 실패?

시계를 보았다.

현재 시각 12시 56분, 컷오프 시간인 오후 1시보다 4분 일찍
도착했다. 짜릿한 성공이다. 끝까지 포기하지 않고 올라온
스스로가 대견했다. 아차, 기쁨에 취해있을 때가 아니다.

1시부터 정상으로 향하는 길이 전면 통제되니 그전에 정상으로
가야 한다. 시간을 검사하는 곳이 따로 있나 싶어서 쉬고 있는
사람들에게 묻는다.

"혹시 정상에 가는 시간은 어디에서 체크하나요?"

다들 이상한 눈으로 쳐다본다. 큰일이다.

이러다가 1시가 지나면 낭패다.

일단 표지판이 가리키는 '정상으로 가는 화살표 방향'으로
가본다. 차분히 둘러보니 입구 매표소처럼 작은 부스 옆에
지하철 개찰구 같은 곳이 보였다.

저기다! 부리나케 뛰어서 한라산행 입구로 들어갔다.

정상행 지하철 탑승! 헤매느라 3분을 까먹어서 제한 시간을 1분
남기고 CP2 진달래밭 대피소를 극적으로 통과했다.

떨리는 마음으로 발을 옮길 때, 바로 뒤에서 기다렸다는 듯
마이크 소리가 들렸다.

"자, 오늘 한라산 정상 등반은 이제 마감합니다.

이제 통제 시작합니다." 가슴이 벅차오르고 웃음이 터져 나왔다.

사라오름 입구에서 정반대의 선택을 할 수도 있었다.

그는 포기했고 나는 도전했다. 누군가의 포기한다는 말이
오히려 내게는 도전할 용기를 주었다.

CP에서 1분도 쉬지 못하고 다시 정상을 향했지만, 입가에
웃음이 떠나지 않았다. '될 일은 된다'라는 말이 떠올랐다.
아무리 버스를 잘못 타고 실수를 해도 끝까지 포기하지
않는다면 될 일은 된다. 할 수 있잖아! 너털웃음을 터뜨리며
백록담을 향해 발을 옮겼다.

2차 관문이 기다리고 있었다.

정상 부근을 1시 30분까지 지나가야 했다. 이제부터 30분 안에
올라가야 한다. 여기까지 와서 쉬거나 포기할 수는 없다. 정상
으로 향하는 계단은 아찔했다. 샤워기로 온몸을 뿌려대는 듯한
비바람에 눈을 뜰 수가 없다.

지금까지 민소매 싱글렛만 입고 올라왔지만, 추위로 몸이 차가
워졌다. 겉옷을 꺼내야 했다. 비에 젖어 이미 축축해진 바람막
이를 다시 꺼내 입고 정상을 향해 돌계단을 오른다.

한 치 앞도 안 보이는 안개와 비바람에도 오히려 정신은 또렷
하다. 더욱 경사가 가팔라진 돌계단을 힘껏 오른다. 멀리서
오를 때에는 금방 정상에 도착할 듯이 보이지만,
다 왔다 싶으면 또 계속 가야 하는 상황이 반복된다.

신기루처럼 저 멀리 어렴풋이 정상석이 보인다.

오후 1시 39분. 드디어 한라산 정상에 올랐다. 백록담 정상석이

나를 반긴다. 날씨 좋을 때는 1시간은 기다려야 찍을 수 있는 인증사진을 궂은 날씨 덕분에 바로 찍을 수 있었다.

세찬 비바람에 눈이 잘 떠지지 않지만, 환하게 웃어본다.

말로 다 하기 힘든 성취감으로 온몸에 전율이 왔다.

'늦잠을 자고, 공항버스를 놓치고, 굶고, 비바람이 내리치고, 버스를 잘못 탔어도 결국 내가 해냈구나!' 내려오기 전에 마지막 남은 두 번째 에너지 젤을 꺼내 먹었다.

비 오는 한라산에서 나를 살려줄 유일한 먹거리, 올라올 때 하나를 먹었고 내려오는 지금 나머지 하나를 먹었다. 온몸이 비에 젖고 바람이 차서 더 있다가는 감기와 저체온증이 올 것 같았다. 최대한 빠르게 하산하기로 했다.

다운힐이 시작됐다.

이유 없이 기쁘고 즐거워서 바보처럼 웃음이 났다. 카메라를 들고 영상을 찍었다. '환희'라는 두 글자가 떠올랐다.

지난 4년 동안 이 정도로 강한 체력을 갖추고, 한계 상황에서도 끝까지 포기하지 않는 사람이 된 내가 스스로도 신기했고 감사했다. 쉬지 않고 계속해서 뛰어 내려간다.

하산 코스는 낯선 느낌이다. 조금 전 정상에 오를 때와는 달리 계속 쏟아지는 비로 코스 주로가 모두 물에 잠겨 있다.

세찬 비로 물웅덩이가 된 돌무더기를 밟고 뛰어 내려오는 것은 겁이 났지만 계속 반복하다 보니 점점 나아졌다.

트랜스제주 트레일러닝 대회 때 지옥의 돌밭을 내려와야 한다고
해서 걱정했는데, 오늘 경험을 통해 대략 어떤 느낌인지
알 수 있었다.

물에 잠긴 화산암은 머리만 빼꼼 내밀고 있었다.

희끗희끗 보이는 돌머리를 밟고 빠르게 내려온다. 아까 정상에
오를 때 해발 1,200m 표지석에서 사진을 찍었다. 내려오면서
모든 표지석을 찾아 기념사진을 찍어야겠다는 마음은 힘든
내리막길을 만나자마자 바로 사라졌다.

실수하면 미끄러운 돌에 부딪히거나 발을 접질릴 수 있는
위험한 상황이다. 굵어지는 빗줄기로 두 발이 빗물에 잠겨 마치
물속에서 달리고 있는 듯했다.

한라산에서 맞은 특별한 우중런 경험. 빗물로 뿌옇게 김이
서린 탓에 안경을 도저히 쓸 수 없어 머리 위에 걸쳤다. 초점은
흐렸지만, 사물의 위치나 색깔은 어렴풋이 알 수 있었다.

혹시라도 발을 헛디디는 건 아닐지 걱정이 되었다.

두 발에 온 신경을 집중하며 한 발짝 한 발짝 뛰어 내려간다.
그때였다.

비에 젖은 돌 사이로 길게 늘어진 살색 물체가 보인다.

몸을 꿈틀대며 움직이고 있다. "뱀이다!" 안경을 쓰지 않은 게
차라리 다행이었다. 색깔과 형체, 움직임만 보였을 뿐, 디테일한
모습까지 보지 못해 충격은 덜했지만, 빠른 속도로 돌과 돌을

밟으며 뛰어 내려가던 상황이라 화들짝 놀랐다. 발을 헛디디면
크게 다칠 수 있었다. 안도의 한숨을 내쉬며 다시 아래로 달린다.
불어난 비로 아까 정상을 향하던 길에서 만났던 하산객들이
아직 한라산을 벗어나지 못하고 있었다. 양해를 구하며 추월
했다. 비는 계속 퍼붓고 돌은 물웅덩이에 잠겨서 신발은 흠뻑
젖었다. 다 왔다! 지루할 틈 없이 뛰어 내려오니 아까 입산을
시작했던 입구가 나타난다. 정상에서 9.6km를 내려오는 데
1시간 39분이 걸렸다. 정상에 오를 때 걸린 2시간 13분보다
34분이나 빠르게 내려왔다. 성판악 코스로 입산해서 오전 11시
30분에 등반을 시작해서, 정상을 찍고 오후 3시 22분에 내려
왔다. 총 소요시간 3시간 58분의 꿈같은 도전의 여정이다.

어쩌면 오늘이 나만의 트랜스 제주 대회가 아니었을까?
　전날 저녁 7시 이후부터 20시간 넘는 동안 먹은 것이라고는
커피 한 잔, 에너지 젤 2개, 500ml 생수 2병뿐이다.
　힘든 조건에서 모든 제약을 넘어 완주한 나 자신이 그 어느 때
보다 더 자랑스러웠다. 온종일 비에 젖은 채로 뛰어다녀도
힘들지 않았다. 늦잠, 버스, 쫄쫄 굶은 것, 거센 비바람, 컷오프
시간까지, 이 모든 것이 나를 위한 오늘의 무대장치였고, 행운
이었다. 오후 3시 30분, 제주 동부 남부지역에 호우주의보가
발효되었다. 위험지역에서는 긴급 상황 발생 시 대피하라는
안전안내문자가 도착했다. 포기해야 할 수많은 이유에도 포기

하지 않은 이유는 오늘 꼭 한라산에 오르겠다는 나와의 약속 때문이었다. 위험하고 무모한 도전일 수도 있지만 도전하지 않고 나중에 후회하는 것보다는 나았다.

오늘 결정적인 순간이 두 번 있었다.
첫째는 버스 기사님께 "저 여기서 안 내립니다"라고 말하지 않고 '정상에 가지 못해도 끝까지 포기하지 않겠다'고 결심한 순간이다.
둘째는 사라오름 입구에서 "늦어서 오늘은 정상에 가지 못한다" 던 누군가의 말을 듣고도 '지금 최선을 다하면 반드시 정상에 갈 수 있다'고 믿었던 순간이다.

비록 궂은 날씨로 한라산의 멋진 풍경을 보지 못했지만, 한라산은 내 마음속에서 그 어느 때보다 환하게 빛났다. 맑은 날 다시 만날 백록담을 꿈꾸며, 나는 일상을 대회처럼 살아간다.

_____ ※ 러너 생각 : 마음의 에너지 젤

마라톤 대회를 나가거나, 대회에 대비한 고강도 훈련을 할 때가 있다.
풀코스 마라톤 대회 전 LSD 훈련(긴 거리를 느리게 달리는 훈련)
으로 30km 또는 40km까지 실전훈련을 하는 경우, 우리는 체력
확보를 위해 10km 정도에 1개씩 에너지 젤을 준비한다.

에너지 젤 종류는 매우 다양하다. 평소에 테스트하면서 자기에
게 맞는 것을 준비하면 된다. 그런데 장거리나 힘든 훈련 일정 등
평소보다 강한 인내와 정신력이 필요할 때는 '마음의 에너지 젤'
이 필요하다.

달리기를 시작한 지 얼마 되지 않았을 때는 긴장해서 얼마나
힘들고 고통스러울까 하는 생각에 마음을 뺏겼다. 이를테면
인터벌(빠르게 조금 천천히 달리는 것을 반복하는 고강도 훈련)
이 있는 날은 빠른 페이스에 압도되곤 했다.

훈련하는 내내 중간에 퍼지거나 포기하지 않을까 하는 걱정이
들었다.

어느 날 SNS에서 한 트레일러너(산이나 비포장 길을 달리는 사람)의
대회 사진을 보았다.

대부분의 러너는 결승선에서 갖은 화려한 포즈를 취했다. 하지
만 그는 달랐다. 사람들을 향해 허리를 90도로 숙여 인사하는

사진이었다. 그는 '여러분의 도움으로 완주할 수 있었다.'라며
감사하는 마음을 전했다. 그 모습이 인상 깊었다.

산을 달리는 트레일러닝 대회는 로드 마라톤 대회와는 달리
중간중간 체크포인트(CP)가 있어서 구간마다 마감 시간과
함께 보충할 수 있는 간식을 준비한다. 보통 자원봉사 러너들로
지원팀을 구성하기에 오래 달리다 보면 아는 사람들이 중간에
있어 서로 힘을 얻는다.

순위권에 있거나 자신의 완주기록을 갱신하려고 대회에 도전
하는 러너들은 CP마다 들리는 시간을 최소로 한다.
그들은 전투적으로 달린다. 하지만 그 러너는 달랐다.
CP에 도착할 때마다 애쓰는 봉사자분들을 향해 90도로
허리를 숙여 인사하며 감사함을 표시했다.
사실 그렇게 한다고 해서 기록에 지장은 없다.

이제는 그날 훈련을 도와주시고 지원해 주신 러닝 클래스 코치
님, 매니저님, 사진작가님, 그리고 같은 목표를 향해 훈련하는
동료 러너들께 감사의 마음을 전한다. 이전에는 훈련이나 대회
목표를 달성하겠다는 '목표 지향적 결의'가 우선이었다면,
이제는 마음의 에너지 젤이 더 중요하다.

마음의 에너지 젤 : 도전을 마칠 때 또는 체크포인트에서 '감사한
○○님을 향해 90도 폴더인사' 하기

마음의 에너지 젤은 '오늘 목표를 잘 마무리하고, 레이스를 마치는 순간 고마운 OO님께 90도 폴더인사를 해야지' 하는 마음이다.

에너지 젤이라고 붙인 이유는 보통 21km 이상 장거리 훈련을 할 때, 힘들 때 중간중간 에너지 젤을 보충해서 체력 고갈을 막아주듯 몸의 에너지 젤을 보충할 때, 마음의 에너지 젤도 잊지 않아야 하기 때문이다. 여기에는 2가지 장점이 있다.

첫 번째는 고통스러운 목표 달성이 아닌 완주 후 느낄 감사함에 집중하게 된다.

결승선에서 기다리고 있는 고마운 누군가에게 인사를 하려면 일단 완주해야 한다.

완주 목적이 단순히 자신의 성취(기록 경신 등의 목표 달성) 뿐만 아니라 '90도 폴더 감사 인사'에 있기에, 목표 달성은 기본 조건이다.

두 번째는 이미지 트레이닝이다.

힘든 순간에는 고통스러운 호흡, 더 이상 버티기 힘들다는 부정적인 마음이 계속 올라온다. 어느 때는 완주하지 못할까 봐 걱정이 되기도 한다. 마라톤 훈련이나 대회에서는 그런 마음이 올라오면 이겨내는 반복적인 과정을 거쳐야 한다. 그때 '완주 후 감사한 분께 90도로 허리 숙여 폴더인사를 올리는 장면'은 마치 SNS에 올라온 한 장의 강렬한 이미지처럼 자신을 결승선으로 이끈다.

CHAPTER 3

울트라, 나를 만나다

_____ 42km 너머의 세상

"미애 님, 저는 풀코스까지만 달려봤는데 울트라마라톤을 해낼 수
있을지 고민이에요."

"승우 님, 울트라마라톤 대회 나가세요?"

"내년 4월 청남대 울트라마라톤 100km 대회 접수 중이라서
나갈까 말까 망설여져요."

"4개월 남았네요. 승우 님은 뭐가 가장 걱정되세요?"

"대회장까지 가는 차편이요. 주말에 차를 못 써서 대중교통으로
가야 하는데, 갈 방법이 없어요."

"네? 가는 차편이 걱정이라고요? 하하."

노련한 울트라마라토너인 그는 정색하고 말했다.

"100km 울트라마라톤에 처음 도전한다고 하셨죠? 교통편은
걱정하지 마세요. 반드시 가겠다고 마음먹으면 무슨 수를 써서
라도 가게 되어 있어요. 다른 팀에 끼어서 가든 셔틀버스를
타고 가든 어떻게든 방법이 있으니까요."

100km를 두 발로 뛰겠다는 사람이 가는 차편이나 걱정하며 도전
을 망설이고 있다니. 머쓱했다. 그가 말을 이었다.

"지금까지 더 긴 장거리도 많이 뛰었지만, 대회에 꼭 참가하려는
마음만 있으면 그런 부수적인 문제는 자연스럽게 해결돼요.

지금 가장 중요한 건 '울트라마라톤을 어떻게 완주할 것인가'가
아닐까요?"

❝

지금 가장 중요한 질문은 단 하나였다.
나는 울트라마라톤 완주를 원하는가, 원하지 않는가?

❞

잠든 불씨 하나가 타올랐다.

내가 울트라마라톤 완주를 간절히 원한다는 것을 깨달았다.
차편이 없으면 뛰어서라도 가겠다고 결심했다. 모임에서 돌아
오자마자 청남대 100km 울트라마라톤 대회 참가 신청을 했다.
대회가 가까워졌을 때 부담감에 도전을 포기하지 않도록 'SNS
공개선언'을 선택했다. '첫 100km 울트라마라톤 완주'가
새해 목표라는 내용의 글을 써서 SNS에 올렸다.
지인들로부터 미리 축하와 응원을 받았다.

이전에는 42km가 한계라고 생각했다.

달리기를 막 시작할 때는 풀코스 완주가 꿈이었다. 달린 지 2년
만에 여러 번 풀코스를 완주하며 목표를 이뤘다. 울트라마라
톤은 42km 마라톤보다 긴 초장거리 마라톤이었다. 사람들은
도대체 왜 그렇게 무모한 도전을 하는 걸까?

'음주 차량 울트라마라톤 대회 참가자 덮쳐 사망'이라는 제목을
달고 있는 뉴스 기사를 보았다.
대회에서 음주 운전 차량이 새벽에 도로 가장자리를 달리던
마라토너를 치어 숨지게 한 안타까운 사고였다.
그때부터 울트라마라톤은 생명을 잃을 정도로
위험한 도전이라고 생각했다.
안전한 트랙이나 주로에서 경찰관이 교통 통제를 돕는
메이저 마라톤 대회만 나가겠다고 마음먹었다.
사고 위험은 그렇다 치고 도대체 왜 100km를 달리는지
이유를 알 수 없었다.
자기 과시? 자기 학대?
42km만 달려도 힘들고 완주의 기쁨을 맛볼 수 있는데
굳이 그 이상을 달리는 이유가 궁금했다.
달리기에 미친 사람들의 무모한 도전이라 여겼다.

도서관에서 달리기에 관한 책을 찾다가 『울트라마라톤맨』을
만났다. 이 책에는 한숨도 자지 않고 75시간 동안 420km를
완주한 딘 카르나제스의 실화가 담겨 있었다. MBA를 졸업하고
서른 살에 수십만 달러의 연봉을 받으며 성공적인 삶을 누리던
그는 어느 날 문득 공허함에 사로잡혔다. 학창 시절 육상선수로
활동하며 느꼈던 기쁨을 떠올리며 속옷 차림으로 밤새 50km를
달리며 새로운 길을 찾아 나선다.

> 66
> 서른 살 생일파티가 벌어지던 날 밤,
> 낡은 운동화와 팬티 한 장만 걸친 채 나는 밤새 달리고 또 달렸다.
> 터질 듯한 심장과 뒤틀린 근육, 피범벅이 되어 짓무른 발.
> 그러나 이것이 내가 그토록 열망했던 순간이라고,
> 지금 여기가 내가 있어야 할 곳이라고, 삶은 내게 속삭였다.
> (딘 카르나제스, 『울트라마라톤맨』)
> 99

처음에는 달리기에 미친 사람이 쓴 정말 미친 이야기라고 생각했다.
그러다 문득 달리다가 '지금 죽어도 좋다'며 눈물을 쏟았던
어느 밤이 떠올랐다. 그의 이야기에 점점 빠져들었다. 새벽마다
남몰래 20km씩 달린 그는 160km를 달리는 '서부 주 100마일
대회'를 완주한다. 그 후 시에라 네바다와 몽블랑의 험한 산맥
을 넘어 지구에서 가장 뜨거운 사막인 데스밸리를 완주한다.
그는 마침내 험난하기로 유명한 '배드워터 울트라마라톤 대회'
에서 우승을 거머쥔다.

장거리 달리기에 물집은 치명적이다.

울트라마라톤을 달리다가 생긴 물집에 다시 물집이 잡히는 상황이 발생한다. 그는 대회를 포기하는 대신 순간접착제를 선택한다. 발에 순간접착제를 바르고 테이프로 둘둘 감고 다시 달린다. 인간의 한계를 넘어 남극에서 풀코스를 달리고, 15인 이상의 팀 단위로 하는 300km 릴레이 울트라마라톤 경주에 참여해 처음부터 끝까지 혼자 달려 완주한다.

책을 읽는 내내 숨죽여 그의 도전을 응원했다.

풀코스의 열 배 거리를 한숨도 안 자고 달린 그가 겪었을 고통을 떠올렸다. 가슴 뛰지 않는 삶에서 달려 나온 그와 나는 달리기로 하나가 되었다.

책을 덮었다. 언젠가는 반드시 울트라마라톤에 도전하겠다고 마음먹었다.

풀코스도 힘들어하는 내가 100km 울트라마라톤을 완주할 수 있을까? 완주하지 못한다 해도 좋다. 울트라마라톤을 뛰면서 단 한 걸음이라도 나의 피와 땀을 느껴보고 싶었다.

그날 이후 나는 42km 이후의 세상을 꿈꿨다.

하지만 음주 차량으로 인한 사고 위험은 여전히 두려웠다.

또한 울트라마라톤은 딘 카르나제스 같은 탁월한 러너들만 완주할 수 있는 비현실적 도전이라는 생각도 변함이 없었다.

우연히 SNS에서 어느 여성 러너의 100km 청남대 울트라마라톤 완주 후기를 보았다.

오후에 출발해서 새벽까지 밤새워 달려야 했다. 그의 청남대 울트라마라톤 완주 후기는 나를 사로잡았다. 청남대는 쉬운 코스는 아니지만 안전하게 도전할 수 있을 것 같았다. 평범한 러너의 성공적인 100km 완주는 나도 해낼 수 있다는 용기를 주었다. "언젠가 도전하겠다"라는 나의 댓글에 그녀는 "내년 청남대 대회에서 만나자"라는 답을 남겼다.

나는 가슴에 '청남대'라는 세 글자를 새겼다.

청남대는 집에서 122km 떨어진 곳이었다. 대회 참가를 알아보는데 대회장까지 가는 교통편을 찾을 수 없었다. 그러던 어느날 러닝크루 동기 모임에서 갱런 동기 울트라마라토너 미애 님을 통해 깨닫게 되었다. 교통편보다 더 중요한 것은 '모든 난관을 돌파하려는 완주 의지'라는 것을.

막연했던 100km 울트라마라톤 도전은 세 명의 러닝 멘토를 만나 구체적인 목표가 되었다. 책을 통해 내게 울트라마라톤에 대한 불씨를 당겨준 울트라마라톤맨 '딘 카르나제스', SNS 울트라마라톤 완주 후기로 내게 100km에 도전할 용기를 준 평범한 러너 '민희 님', 울트라마라톤에서 반드시 해내려는 완주 의지가 가장 중요하다고 알려준 갱런크루 동기 울트라마라토너 '미애 님'까지.

울트라마라톤은 처음이라 어떤 훈련을 해야 하는지 몰랐다.

게다가 저번 주 30km 훈련 후유증인 귀 동상 치료와 야근으로

자주 뛰지도 못했다. 누군가는 100km를 완주하려면
대회 전에 최소한 80km는 뛰어봐야 한다고 했다.
겨우내 준비한 서울 마라톤이 코앞이었다.
거리에 대한 두려움을 이겨내는 훈련이 시급했다.

주말 아침에 최장 거리에 도전했다.

러닝 조끼에 물 500cc 한 병과 파워젤 몇 개를 챙겼다. 거리에
대한 두려움을 없애는 것이 목표였다. 무조건 풀코스를 넘어
몸 상태에 따라 50km든 60km든 갈 수 있는 거리까지 달려보
기로 했다. 혼자 하는 훈련이라 달리다가 힘들면 중간에 멈추기
쉬워서 필승전략을 세웠다. 오늘 달릴 수 있는 한계 거리에
도달했을 때, 백번 천번 생각해도 지금이 나의 한계라고 생각
했을 때 그 거리에서 무조건 1km만 더 달리고 멈추기로 했다.
'1km 플러스 전략'이다.

최장 거리 도전을 위해, 페이스를 5분 40초에서 5분 50초로
낮췄다. 훈련 강도를 높이기 위해 언덕이 있는 원천호수 둘레길
3km를 최대한 여러 번 반복해서 달리기로 했다.

원천호수 3km 코스를 11바퀴 달렸다.
33km를 지났다. 이어폰은 일부러 가져오지 않았다.
뭔가에 의존하지 않고 달리기 자체에만 신경 쓰고 싶었다.
출발할 때 에너지 젤을 먹고, 10km부터 물과 나누어 먹었다.

물통에 문제가 생겼다. 조끼에 넣은 소프트 물통이 물이
가득 찼을 때는 괜찮았지만, 물의 양이 줄자 원뿔형 물통
바닥이 조끼 안쪽에서 가슴을 찔렀다.

달릴 때마다 통증이 느껴졌다.

물통을 빼서 바지 주머니에 넣고 달렸다.

하천 길로 내려와 계속 달렸다. 37km부터 지치기 시작했다.

어느새 42.2km가 눈앞에 다가왔다.

나는 멈추지 않고 계속 달렸다.

풀코스가 반드시 달려야 할 의무였다면, 그 이후는 온전히
나를 위한 시간이었다.

멈추지 않았다는 사실이 나를 흥분시켰다.

동틀 때 출발해 해가 질 때까지 달린 거리만큼 소유권을 준다는
동화처럼, 이 순간은 내 최장 거리 도전이자, 달린 만큼 최고
기록이 되는 짜릿한 순간이었다.

풀코스를 넘은 45km 지점에서 훈련을 멈췄다.

도전할 100km의 절반에도 못 미쳤지만, 거리에 대한 두려움은
사라졌다. 50km든 100km든 숫자에 얽매이지 않기로 했다.

나는 42km 너머의 세상에 가보기로 했다.

이제 모든 준비가 끝났다.

_____ 울트라엔 돈이 든다

울트라마라톤은 생각지 못한 지출이 생긴다.

참가비, 체력, 정신력 외에도 제한 시간 16시간의 장거리를 달리기 위해 필요한 필수 준비물이 있다.

1. 장비

· 헤드랜턴 : 저번 야간 트레일러닝 때 썼던 다이소 랜턴은 어림도 없었다. 체릉클럽 선배가 추천한 레드랜서 600루멘 제품을 샀다. 비싸서 망설였지만, 실전에서 그 위력에 감탄했다. 전방을 대낮처럼 밝히고, 250루멘 모드로 15시간을 버티는 진짜 '울트라' 랜턴이다.

· 후미경고등 : 나이트가디언 제품을 준비했다.

· 물집 방지 양말 : 거금을 들여 드라이맥스 양말을 샀다. 그런 데 완주 후 왼발 엄지에 첫 물집이 생겼다. 효과가 없었다고 생각하면 맘이 아프니, 100km 내내 수많은 물집을 막아내고 겨우 하나 생긴 거라고 위로하기로 했다.

· 러닝화 : 100km 로드 장거리 마라톤에서 뭘 신을지 고민했다. 호카 카본X3가 좋다길래 고민했지만, 이런저런 추가 지출 때문에 참았다. 결국 최근 가장 아끼는 써코니 엔돌핀 프로3을 선택했다. 그리고 완주 후 왼발 엄지발톱이 빠졌다.

- 헤어밴드 : 평소 쓰던 것 말고 특별한 대회이니만큼 X-Bionic
  헤드밴드 T2를 준비했다.
- 비상약 : 소염제(탁센)를 구입했다.

2. 기록 및 보관용품
  - 가민 시계 : 지금 쓰는 가민 245가 16시간을 버틸 수 있을지
    걱정됐다. 새 시계를 사기엔 배보다 배꼽이 커서 DNS(대회
    포기)까지 고민했다. 다행히 스펙을 보니 GPS 모드에서 최장
    22시간을 버틴다고 해서, 불안하지만 믿어보기로 했다.
  - 허리벨트 : 네이키드 플립벨트를 구입해 필수 물품을 넣었다.
  - 베스트(러닝조끼) : 살로몬 센스프로5를 준비했다.

3. 에너지
  - 에너지 젤 : 바이탈솔루션 파워젤 6개, 파시코 파워젤 1개,
    아미노바이탈 퍼펙트에너지 젤 2개를 준비했다.

4. 교통편
  - 교통 : 사당역에서 대회장까지 왕복 셔틀을 예약했다.

5. 체력
  - 카보로딩(장거리 전 탄수화물 충전) : 스위트콘으로 3일 전부
    터 준비했다.

6. 정신력

· 정신력 : 이건 노하우가 없다.

7. 네트워킹

· 동마 끝나고 뭘 어찌 준비해야 하나 싶어 멍하니 있는데,
저번에 나갔던 체릉클럽(체체체가 달린다)의 트레일러너
야옹이 형아 님이 단톡방에 초대해주셨다. 지나가는 말로
청남대 울트라 나간다고 했는데도 잊지 않고 챙겨주셔서 큰
도움을 받았다.

일단 준비물은 대충 여기까지이다.

_____따뜻한 출발

현재 시각 새벽 1시 19분, 출발한 지 9시간 19분이 지났다.

저만큼 앞서서 달리던 그가 자꾸만 비틀거린다. 이상했다.

"순철아, 어디 아파?"

"승우 형, 졸려요."

나는 말없이 그의 팔을 붙들었다. 혹시라도 그가 졸면서 달리다가 넘어지는 건 아닐지 걱정된다. 우리는 손을 꼭 잡고 계속해서 피반령 정상을 향해 달린다. 잠이 쏟아진다. 꼭 잡은 두 손을 더욱 힘주어 잡는다. 나는 왜 낯선 이곳에서 누군가와 9시간 넘게 달리고 있을까? 희미해지는 정신을 붙들고 출발 전으로 시간을 되돌린다.

2023년 4월 8일 토요일, 아침 10시 30분 서울에서 미니버스를 타고 청남대로 출발했다.

대회 시작 3시간 전, 오후 1시에 청남대 대회장에 도착했다. 바람이 차고 쌀쌀했다. 긴팔 티와 레깅스, 바람막이를 입고 한 벌 더 챙겼다. 허리띠와 조끼에 초콜릿과 떡, 에너지 젤, 보조배터리, 휴지, 물티슈, 비상약, 진통제, 서바이벌 키트, 셀카 거치대, 반팔 티, 속옷, 양말, 지갑을 넣었다. 조끼 앞주머니 양쪽에 500cc 물까지 하나씩 넣으니 벌써 몸이 무겁다.

이마에 헤드랜턴을 쓰고, 허리에 후미 경고등을 차는 것으로
모든 준비를 마쳤다.

함께 도전할 동반 주자가 도착했다.

수영 코치 순철은 바나나 스포츠클럽에서 같이 훈련하며
친해진 동생이다. 지금까지 밤을 새워 달려본 경험은 없고
100km 울트라마라톤 도전도 둘 다 이번이 처음이다.

산을 뛰는 트레일러닝 대회는 마니아들이 모인 느낌이었다.
울트라마라톤은 더욱 그렇다.

주위를 둘러보니 대부분 연령대가 높았다. 가벼운 러닝 조끼가
아닌 등산 배낭을 메고 손에 생수병을 든 러너도 있었다.
최신 러닝화조차 눈에 잘 띄지 않았다.

무림 고수들이 훈련복에 슬리퍼를 신고 어슬렁대며 대회장에
나타난 느낌. '이게 울트라마라톤이구나.' 신기했다.

대회 시작 1시간 전, 오후 3시.

떨린다. 순철은 아는 사람이 많고 참여하는 운동 클래스도
다양하다. 피트니스플레이에서 많은 러너가 단체로 이번 대회에
참가했다. 뒤늦게 대회장에 가보니 많은 분이 둥글게 모여
한쪽 손을 겹겹이 모으고 있었다.

나는 피트니스플레이에 아는 사람이 없었다.

한쪽 구석에 있다가 순철에게 붙들렸다. 사람들 앞에 나가서
인사드리고 손을 내밀어 하이파이브를 함께 했다.

그들의 따뜻한 환대에 감사했다. 고피디(PD)님이 "자! 다시 한번 파이팅합시다"라고 하자 모두 힘차게 파이팅을 외쳤다. '허들링(huddling)'은 그들의 특별한 대회 출정식이다.

남극은 겨울이 되면 온도가 영하 40도까지 떨어지고, 바람은 시속 140km가 넘게 분다. 황제펭귄들은 바람이 매서워지면 허들링 대열을 만든다. 이때 허들링은 추운 바람으로부터 열의 손실을 막아 자신들을 지키기 위해 원형으로 겹겹이 서서, 서로에게 꼭 붙어 기대는 것이다. 대열의 가장 밖에서 추위를 견뎌낸 펭귄들이 지칠 때면 안쪽 대열에 있는 펭귄들이 맨 밖으로 나가 대열을 감싸는 것으로 바람을 막아낸다. 차가운 칼바람에 맞서 바람막이 역할을 하며 추위에 떨던 펭귄들은 대열의 안으로 들어가 다시 몸을 녹인다. 영하 40도의 남극에서 황제펭귄들은 허들링을 통해 서로의 체온을 37.5도로 지켜낸다.

대회에 참가한 러너들이 모두 한자리에 모였다.

출발 직전 둥글게 원을 그리고 서로의 손을 포갠다.

매서운 바람이 몰아칠 때 혼자 맨몸으로 바람을 맞지 않도록. 마치 몇 겹의 원형으로 서로를 기대고 선 황제펭귄의 허들링처럼. 그동안 같이 훈련해온 땀과 시간의 힘을 모은다. 기록을 내려는 마음을 내려놓고, 서로의 바람막이가 되기 위해 체온을 나눈다. 혹독한 겨울 같은 100km의 고통의 시간도 함께 버텨낼 수 있음을 믿는다.

손에서 손으로 전해진 그들의 '허들링'에 나의 불안감도 잦아
들었다.

오후 4시, 카운트다운이 시작된다.
5, 4, 3, 2, 1. 출발! 100km 청남대 울트라마라톤 대장정의
시작이다. 다 함께 우르르 힘차게 달리며 청남대 입구를 빠르게
지난다. 청남대 울트라마라톤에는 제한 시간이 있다.
8시간 이내에 51.4km 차정사거리에 있는 4번째 쉼터(CP)에
들어오고, 제한 시간 16시간 이내에 100km를 완주해야 한다.
부상만 없다면 해낼 수 있을 것 같았다. 포기하지 말고 잘 챙겨
먹고 심박수를 점검하며 달리라는 선배의 말이 생각났다.

울트라마라톤은 풀코스와 차원이 다른 레이스다.
처음부터 마구 달리다가는 후반에 체력이 고갈되는 사태가
발생한다. 대체 어느 정도 속도로 달려야 지치지 않고 100km를
달릴 수 있을까? 안전하게 달리기 위해 평소보다 페이스를 1분
이상 늦췄다. 온갖 장비와 보급품을 메고 허리에 두르고 달리니
맨몸으로 달리는 풀코스와는 완전히 달랐다.
시작부터 몸이 무거웠다.
보급품을 많이 챙긴 건 아닌지 후회된다.
처음에는 6분 30초 페이스 정도로 달릴 계획이었다. 동반 러너
순철 님이 아는 여성 러너 두 분이 6분 페이스로 가기로 했으니,

우리도 같이 따라가자고 했다. 불안했다. 6분 페이스로 100km를 계속 달릴 수 있을까? 걱정하며 세 사람의 뒤를 따르기 시작한다.

체력장군 가람 님과 말복언니 은경 님, 두 분은 평소에도 빠르다. 잠시 따라붙는데도 생각보다 속도가 빨랐다. 내리막길에서 더 빨라지더니 계속 사람들을 추월하며 앞으로 나간다. 벌써 숨이 차고 힘들다. 5분 30초 페이스인가? 아니 그보다 더 빠르다. 지금 내가 풀코스를 뛰는 건지 울트라를 뛰는 건지. 시계를 보니 이미 심박수가 155를 넘었다. 이대로 가면 무조건 퍼진다. 몸이 신호를 보낸다.

'빨라! 빨라!'

옆에서 달리던 동반 주자 순철은 여유롭다.

나는 더 가면 퍼질 것 같다. 알아서 혼자 따라갈 테니 앞의 두 분과 먼저 가라고 했다. 그는 끝까지 나와 함께 가겠다며 속도를 늦춘다. 고맙고 미안했다.

빠르게 달리던 앞의 두 분과는 5km 부근에서 헤어진다.

청남대 울트라 코스에는 총 7개의 쉼터(CP)가 있다.

100km라는 거리를 생각하면 숨이 막힌다. 만일 20km를 달렸고 남은 거리가 80km라고 생각하면 엄두가 나지 않는다.

시계는 보지 않고 거리도 잊는다.

다음 쉼터에서 뭘 먹을지만 생각하며 달린다.

첫 번째 쉼터인 11.5km 산덕리마을에 도착했다.

생각보다 가깝다. 괜히 물 1ℓ를 들고 뛰었다.

체력 낭비다. 이렇게 빨리 급수가 가능한데, 무겁게 500cc
물통을 꽉 채워서 두 개나 들고 뛸 필요가 없었다.

방울토마토만 맛보고 바로 출발한다.

두 번째 쉼터는 22.2km 남대문교 공원이다.

11km 만에 만난 급수대. 준비된 분홍빛 꿀떡은 꿀맛이다.

이제 하프 정도를 달려왔다. 청남대 코스는 오르막과 내리막이
80%, 평지가 20%다. 잘 뛰고, 잘 걷고, 잘 먹는 게 답이다.

떡과 물로 잠시 숨을 돌리고 정신을 차려 다시 달린다.

저녁 7시가 넘자, 날이 어두워진다. 일몰 CP라서 여기부터는
헤드랜턴 등 야간 장비를 착용한다.

장갑 없이 달리기엔 손이 시릴 만큼 바람이 차다.

추위와 어둠이 스며들고, 졸음이 쏟아진다.

2년 전, 걷기조차 싫어했던 나였다.

아내가 운동이라도 하라며 등을 떠밀면, 러닝머신 위에서 겨우
10분을 걷고 내려와 컵라면을 먹었다. 하지만 지금 나는 엘리트
출신 수영 코치와 함께 첫 100km 울트라마라톤에 도전 중이다.
가슴이 두근거린다.

나의 첫 울트라마라톤 여정이 이제 막 시작되었다.

_____ 13시간 동반주

떠나기 전 단체 카톡방에서 받은 수많은 응원, 바나나런클럽 연진 코치님의 하이파이브, 완주 소식을 기다릴 소중한 SNS 친구들이 떠올랐다.

거치대를 꺼내 사진을 찍을 여유는 없었지만 방법을 찾았다. SNS에 실시간으로 소식을 전하기 위해 앞으로 들리는 쉼터마다 인증사진을 찍기로 했다.

세 번째 쉼터인 38km 담양 삼교에 도착했다.

풀코스라면 가장 고통스러운 구간이지만 지금은 아니다. 아직도 62km가 남았다. 초코파이와 바나나가 우리를 기다린다. 바나나를 한 개씩 들고 붙여서 V자를 만든다. 사진을 찍기도 전에 순철은 바나나를 입으로 가져간다. "먹지 마. 인증부터 해야지. 좀 있다가 먹어." "형, 배고파요." "일단 먹기 시작하면 사진이고 뭐고 다 귀찮으니까. 먹기 전에 인증부터 하자." 주로에서는 순철이 강하다. 내가 걷자고 해도 뛰라고 한다. 쉼터(CP)에서는 내가 강하다. 힘들고 배고파도 달리는 우리를 어디선가 응원하고 있을 분들을 생각하며 사진을 찍고 태그를 붙여 인스타그램 스토리와 단체 대화방에 올린다. 그제야 겨우 간식을 먹으며 다시 힘을 낸다.

42km를 지났다. 최장 거리! 옆에서 순철의 환호성을 들으며 얼마 전 혼자 울트라마라톤 연습하다 45km까지 가봤던 생각에 슬며시 미소를 짓는다. 45km를 지났다. 우리는 각자 지금까지 달린 최장 거리를 넘었다. 지금부터의 발걸음은 우리의 역사가 될 것이다.

네 번째 쉼터는 51.4km 차정사거리다.

중간 컷오프 CP다. 여기까지가 절반이다. 현재 시각 저녁 9시 20분, 출발한 지 5시간 20분 지났다. 컷오프가 8시간이니 여유롭다. 해가 떨어지니 바람이 매섭다. 장갑을 끼지 않으면 손이 시릴 정도다. 소문으로 듣던 전설의 미역국이 우릴 반긴다.

드디어 제대로 된 저녁 식사다. 춥고 배고프다. 앞으로 50km를 더 달려야 한다. 몸이 퍼질까 봐 먹고 싶은 대로 다 먹을 수는 없다. 미역국에 밥을 말아 먹으니, 입이 심심하다. 김치가 눈에 띄어서 젓가락을 뻗는데 순철이 잽싸게 한 마디 던진다.

"김치는 안 돼요. 속이 탈 날 수 있으니까."

운동 선배 말을 순순히 듣는다. 배가 고프지 않을 정도만 먹고 자리에서 일어났다.

100km를 쉬지 않고 가야 한다고 생각하면 금세 자신감이 사라진다. 전략을 짰다. 남은 거리는 잊고 두 가지만 생각하기. 하나, 다음 쉼터(CP)까지만 완주하기. 둘, 그곳에서 무엇을 먹을까 생각하기. 우리는 서로의 숨소리에 기대어 다시

발걸음을 옮긴다.

왜 울트라마라톤은 페이스메이커가 없을까?

풀코스는 목표 시간을 쓴 풍선을 달고 이끄는 사람들이 있다. 3시간, 3시간 30분, 4시간 페이스메이커 등. 목표한 시간을 이룰 수 있도록 돕는 사람들이다. 그리고 보니 울트라마라톤은 기본적으로 풀코스 이상을 완주한 러너들이 참가하니 굳이 필요하지 않겠다는 생각이 든다. 게다가 아무리 잘 뛰는 사람이라도 10시간에서 16시간까지 페이스메이커를 해달라고 부탁하는 것은 어려운 일이다. 어쨌거나 울트라마라톤은 장거리 러너들의 장거리 대회니까.

이번 대회 전까지, 나는 누군가와 함께 달리는 동반주를 부정적으로 바라보았다. 동반주는 아무 생각 없이 함께 달리며 사진을 찍고 수다를 떠는 재미일 뿐, 나를 성장시키는 달리기가 아니라고 여겼다. 이번 청남대 울트라마라톤에 도전하면서 나는 누군가의 도움 없이 나 혼자 해내겠다고 결심했다. 모든 외로운 순간을 나 혼자 이겨내겠다고 다짐했다.

함께 달리면 서로에게 자꾸 의지하게 되지 않을까? 지금까지 살아오면서 나는 스스로 설 수 있다고 믿어왔다. 남자, 가장, 아빠니까 약한 모습을 보이지 않아야 한다고. 나는 10시간이 넘는 오늘 레이스에서 나에게만 집중하겠다는 계획을 세웠다.

누군가와 보조를 맞추며 장거리를 달리는 것은 불편했다.

누군가 옆에 있으면 달리기에 온전히 집중하지 못할 것 같았다. 혼자 영화를 보듯 오늘 100km는 나와 마주 보며 달리고 싶었다. 지금 내 곁에는 순철이 달리고 있다. 사실 그는 내 마음을 몰랐다. 처음 5km 지점에서 날 남겨두고 혼자 가라고 했을 때, 힘들어서 내 페이스대로 천천히 달리고 싶은 마음이 컸다.

하지만 "오늘 절대로 혼자 가지 않겠다. 당신과 끝까지 함께 가겠다"라는 그의 말에 마음을 다잡았다. '그래, 같이 가자. 우리 오늘 끝까지 함께 달리자.'

미안한 마음이 들었다.

잘 달리는 그에게 내가 무슨 도움이 될까? 나를 두고 그냥 가면 나도 편하고, 그도 자신의 페이스대로 빨리 달릴 수 있을 텐데. 하지만 나에게는 포기하지 않는 마음과 고성능 헤드랜턴이 있었다. 울트라마라톤을 대비해 준비한 헤드랜턴은 성능이 탁월했다. 그 빛 덕분에 우리는 13시간 넘게 대낮처럼 밝은 밤을 달릴 수 있었다. 우리가 주로를 지나갈 때마다, 마치 자동차 헤드라이트처럼 전방이 환하게 비쳤다.

옆에서 달리는 그가 혹시라도 바닥의 이물질에 걸려 다치지 않도록 계속 고개를 그의 방향으로 돌려가며 달렸다.

함께 달려주는 그에게 감사한 마음을 담아 틈틈이 인증사진을 남겼다. 쉼터마다 사진을 찍기 전까지 먹지 않고 기다리는 그에게는 미안하지만, '그래도 남는 건 사진이니까.'

그는 엘리트 출신 운동인이다.

효율적으로 달리도록 옆에서 나를 이끈다. 청남대 코스는 오르막과 내리막이 많다. 걸을 수 있기를 바라며 오히려 오르막이 나오길 기다렸다. '와! 오르막이다! 이제 걸을 수 있다!'라며 마음속으로 외치는데도, 그는 한결같았다.

"우리는 계속 뛰어요! 경사로에서 밀릴 때까지는 뛰어야죠."

"추우니까 다시 뛰죠!"

"이제 뛸까요?"

그는 나를 혹독하게 몰아붙였다.

헛웃음이 난다. '어차피 뛸 건데, 힘들게 이유 대지 말고 그냥 뛰자고 하지.' 조금밖에 안 걸었는데도 옆에서 자꾸 뛰자고 재촉한다. 오르막길에서는 몇 번이나 '지금부터 안 뛰고 걸어도 제한 시간 16시간 안에 들어가지 않을까? 그를 앞에 보내고 혼자 편하게 걸을까?'라는 생각이 스친다.

솔직히 혼자 달렸다면, 그와 함께한 것보다 두 배는 더 걸었을 것 같다.

어느새 나도 마음을 비운다.

그가 "뛸까요?" 하고 물으면, "그래. 우리가 지금 산책 나온 건 아니잖아." 하며 애써 지친 다리를 들어 올린다.

오르막길에서 보폭을 넓히려 하면, 그는 "쪼개서, 쪼개서!"라며 말린다. 아무리 지치고 힘들어도 일정한 거리마다 에너지 젤과

물을 꼭 챙겨 먹도록 모범을 보인 것도 그였다.

오르막길을 얼마나 쪼개고 또 쪼갰는지 모른다.

이런 작은 오르막도 쪼개야 하나? 잠시라도 걷고 싶은 곳도
옆에서 함께 달린 쪼개기 선수 덕분에 잘 넘겼다.

달리는 내내 속으로 몇 번이나 외쳤다.

'그만해라. 이제 많이 쪼갰다.'

우리는 말없이 달린다.

진공 상태 같은 깊은 어둠 속 고요.

간간이 스치는 불빛, 숨소리와 발소리.

오르막길을 쪼개는 두 나무꾼을 비추는 달빛.

그와 13시간을 함께 달리며 배웠다.

'어떤 동반주는 서로를 희망으로 이끈다.'

_____ 완주의 조건

땀이 식으니, 추위가 몰려온다.

　이제 다리가 낮게 끌리고 피로가 급격히 밀려온다. 추위도 점점 매서워진다. 100km라는 숫자는 잊어야 한다. 그래야 버틸 수 있다. 오직 다음 쉼터만 생각하며 달린다.

다섯 번째 쉼터는 63km 지점 적음 삼거리.

　현재 시각 밤 11시 45분, 출발한 지 7시간 45분이 지났다.

　꿀물과 에너지 바가 준비되어 있다. 하지만 에너지 바를 입에 넣을 힘조차 없다. 몸이 원하는 건 에너지지, 에너지 바가 아니다. 인증용 사진만 찍고 다시 내려놓는다. 달콤한 꿀물은 하늘의 맛이다. 그래! 이제부터는 전략이고 뭐고 다 필요 없다. 무조건 간다. 달리고, 걷고, 다시 뛴다.

여섯 번째 쉼터는 76.5km 지점, 고석 삼거리다.

　현재 시각 새벽 1시 19분, 출발한 지 9시간 19분이 지났다.

　초코파이, 콜라, 커피가 우리를 반긴다. 로드용 카본화를 신고 뛰어서 발바닥 앞쪽에 통증이 온다. 진통제를 한 알 삼켰다.

　초코파이는 신의 한 수! 입안에서 살살 녹는다. 군대에서 맛본 그 맛이다. 순철과 초코파이 반쪽씩 맞대고 인증사진을 찍는다. 발의 고통을 잠시 잊고, 게 눈 감추듯 세 쪽을 순식간에 흡입한다. 가장 높은 고개가 눈앞에 있다. 피반령 고개가 우리를 기다리고 있다. 이 고개를 넘으면 청남대 울트라마라톤 마지막 쉼터가 나온다. 쉼터, CP만 생각하자. 10km만 더 힘내자. 오르막이라 대부분의 러너가 걷고 있다. '이제는 안 뛰고 걸을 수 있으니 얼마나 좋은가?'

편해지려고 하는 내 속마음을 알아챈 듯, 순철이 한 마디 던진다.
"뛰죠. 저 위에 뛰는 사람들도 있으니, 우리도 뛰어요."
"아니, 저 위에 걷고 있는 수많은 러너는 안 보이고?"라는 말이 목 끝까지 차오르지만, 꺼내지 못하고 다시 뛸 준비를 한다.
'역시 프로는 다르구나!'
잠이 쏟아진다.
옆에서 뛰자고 잔소리하던 순철은 어느새 말없이 앞서 달린다.
나는 발걸음이 자꾸 느려진다.
돌덩이 같은 다리를 들어 최대한 그를 쫓아가 보려 애쓴다.
문득 고개를 들어 보니 그의 모습이 이상했다. '내가 잘못 본 건가?' 졸음 탓인지 그는 똑바로 달리지 않고 옆으로 왔다 갔다 하고 있었다. 가서 확인하기로 했다. 뒤처진 거리를 따라잡으려 속도를 냈다. 겨우 그의 옆에 나란히 섰다.
그에게 조심스럽게 물었다.

"어디 아파?"

"형, 졸려요."

　나도 비몽사몽 사투를 벌이고 있었지만, 힘들어하는 그가
안쓰러웠다. 손을 뻗어 그의 손을 잡았다. 우리는 한참 동안
서로의 손에 의지하며 졸음을 이겨내고 피반령 고개를 넘었다.

　피반령 표지석이 보인다. 어느 동호회에서 자원봉사를 하고
있었다. 그들은 분주히 종이컵에 커피를 타고 있었다.

　반쯤 정신이 나간 상태에서 코끝에 달달한 커피믹스 향이
스쳤다.

　그냥 지나치려는데, 순철이가 입을 열었다.

"저, 죄송한데 저희도 커피 한 잔만 얻어 마실 수 있을까요?"

"이건 저희 크루 러너 분들 마실 거라 나눠드릴 여유가 없어요.
죄송합니다."

"딱 한 잔만 주시면 저희 둘이 나눠 마실게요. 부탁드립니다."

"네, 그러면 한 잔만 가져가세요. 많이 못 드려 죄송합니다."

"감사합니다."

　힘들게 얻은 커피믹스를 나눠 마셨다. 잊을 수 없는 맛.

'피반령 표 커피믹스' 덕분에 다시 힘을 낼 수 있었다.

일곱 번째 쉼터는 86.4km 지점, 인차 삼거리다.

　현재 시각 새벽 2시 48분, 출발한 지 10시간 48분이 지났다.

　마지막 쉼터다. 뜨끈한 어묵탕이 우리를 기다린다.

'좋다!' 뜨거운 국물에 입천장을 델 뻔했다. 비상식량으로 챙긴 떡도 꺼내 먹는다.

이제 더 이상 기댈 쉼터(CP)는 없다. 온 힘을 다해 자신을 믿고 마지막 남은 15km를 달려내야 한다.

출발 전 기억이 떠오른다. 서울에서 청남대로 향하는 차 안, 노라조의 '형'이 흘러나오던 순간. 깊이 잠든 러너들 사이에서 나도 잠든 척 눈을 감았다. 100km를 달리다 포기하고 싶어질 때 들으려고 준비한 비장의 무기였다.

다시 현실로 돌아온다. 90km 이정표가 눈에 들어온다. 반갑다. 현재 시각 새벽 3시 38분, 출발한 지 11시간 38분이 지났다. 가슴이 벅차오른다.

"여기서 사진 한 번 찍고 갈까?"

"네, 형님!"

우리는 자세를 잡고 90km를 가슴에 새기며 인증한다. 그리고 다시 발을 옮긴다. 이제 남은 거리는 10km. 하지만 뫼비우스의 띠에 올라탄 듯 거리는 좀처럼 줄지 않는다. 이젠 그냥 걷고 싶다는 생각이 나를 휘감는다.

이제 남은 거리는 7km.

청남대로 돌아오는 마지막 길이 지루하고 힘들다는 울트라마라톤 선배의 말이 떠오른다. 쉼 없이 산 정상으로 바위를 밀어 올리는 시시포스의 형벌이 바로 이런 걸까?

반복적으로 두 다리를 움직이며 남은 거리를 쉬지 않고 달려야
한다니. 지금 내가 시시포스라면 어떻게 행동해야 할까?
무한 반복의 형벌을 받는 죄수처럼 달릴 것인가? 아니면 고통
속에서도 과정을 즐기는 승리자처럼 달릴 것인가?
다시 발을 들어 올린다. 멈추지 않겠다고 다짐하며, 우리는
어둠 속을 뚫고 달린다. 순철은 20m 앞에서 뛰고 있다.
나는 쏟아지는 졸음을 참으려 입술을 깨물며 그의 뒤를 따른다.
시계가 어느새 99km를 가리키고 있다.
'조금만 더 가면, 러닝 시계에 100km란 숫자가 찍힌다.
이 특별한 순간을 기록하자.'

정신을 차리고 천천히 걷는다.
핸드폰을 꺼내 시계 화면을 찍는다.
99.9km…. 100km! 현재 시각 새벽 4시 46분, 출발한 지 12시간
46분이 지났다. 탄성이 터진다. 모든 고통이 사라진다.
하지만 67km 지점에서 길을 헤매는 바람에 2.7km를 더 가야
한다. 100km를 넘어 102.7km를 뛰어야 완주다.
묵언 수행하듯 다시 발걸음을 내디딘다.
아까 분명히 청남대 표지판을 지났는데 길은 끝이 없다.
'지금이라도 더 빨리 뛰면 13시간 전에 도착할 수 있지 않을까?'
부질없다. 또다시 오르막길이다. 지친 다리를 쉬게 할 겸 천천히
걷는다.

그때, 뒤에서 들려오는 발소리가 우리를 스쳐 지나간다.

어느 선배 러너의 마지막 스퍼트였다.

놀랍게도 그는 전력 질주를 하고 있었다.

"우리도 뛰어요!"

힘들어서 걷다가도 뒤에서 들려오는 발소리에 홀린 듯 저절로 다시 뛰게 된다. 바로 지금이 준비한 노래가 필요한 순간이다.

노라조의 '형', 울트라마라톤맨.

"더 울어라. 젊은 인생아, 져도 괜찮아. 넘어지면 어때.

살다 보면, 살아가다 보면 웃고 떠들며 이날을 난 추억할 테니.

부딪치고 실컷 깨지면서 살면 그게 인생 다야. 넌 멋진 놈이야."

저 멀리 불빛이 어른거린다. 다리에 힘이 솟는다.

'다 왔어! 힘내자! 정문이다. 다시 뛰자!'

드디어 102km의 뜨거운 대장정이 끝을 향해 달려가고 있다.

머리에 두른 우리의 헤드랜턴이 나란히 어둠을 뚫고 앞으로 쏘아보듯 나아간다. 결승선까지 남은 거리는 100m 남짓.

"순철 님 맞지?"

"맞아요!"

함께 달려온 동반 주자를 반기는 따뜻한 목소리와 완주자를 기다리는 환호성이 귓가를 울린다.

눈앞에 레드카펫이 보인다.

나는 속도를 줄여 그의 뒤로 한 걸음 물러선다.

쉼 없이 100km를 달려낸 그를 위해 혼자만의 피니시를 선물해 주고 싶다. 밤새 그를 기다린 소중한 사람들과 오붓하게 기쁨을 나눌 시간을 주고 싶다.

그는 뒤로 물러난 나를 보고 다급히 손을 내민다.

"아니, 같이! 같이 들어가야죠!"

나는 그의 손을 꽉 잡는다. 졸음과 사투를 벌이며 손을 맞잡았던 그때처럼. 두 손을 위로 번쩍 들어 올리며 소리를 지른다. 그리고 100km 울트라마라톤 결승선을 함께 통과한다.

2023년 4월 9일 일요일 새벽 5시 9분.

꽃다발을 안고 사진을 찍었다.

'해냈어! 우리 둘이 함께!'

우리는 말없이 서로 꽉 껴안았다.

13시간 9분, 102.74km를 달렸다.

인내와 간절함으로 이곳에 왔다. 출발 전에는 정신력과 체력이 완주의 조건이라고 믿었다. 하지만 그것만으로는 부족했다.

동반 주자 순철, SNS의 응원, 쉼터의 음식과 자원봉사자들, 나를 단련시킨 바나나런클럽의 연진 코치님과 써니 매니저님, 피크니스플레이, 체릉클럽, 그리고 대회에서 함께 달린 러너들까지. 모두의 응원이 나를 앞으로 나아가게 했다.

그들이 없었다면, 나의 완주도 없었다.

오늘의 내가 누군가의 내일이 되길 바라며, 청남대를 떠난다.

_____ 울트라가 쏘아 올린 작은 공

"평생 잊지 못할 14시간 55분이었다."

2년 전, 민희 님의 100km 울트라마라톤 도전기를 SNS에서 접했다. 제목은 '10년 만에 이룬 버킷리스트'였다.

그녀가 남긴 후기가 가슴에 꽂혔다.

'누군가는 이걸 왜 달리냐고 묻지만, 주로에서 함께 뛰는 사람들과 그 속에서 마주한 나 자신을 통해 설명할 수 없는 에너지와 감정이 차올랐다. 뛰어보지 않으면 결코 느낄 수도 알 수도 없는 것들. 삶의 보물 같은 시간이었다.

막연히 완주를 꿈꿨지만 얼마나 힘들지 상상도 못했다.

무사히 완주하고 나니 100km를 뛰기 전과 후로 내 인생이 달라진 기분이다.

'내가 이걸 해냈다고?' 두려웠던 도전에 성공하니 한 단계 성장한 내가 보였고, 더 큰 도전을 꿈꾸게 되었다. 인생이 아름다워 보이고 더 멋진 삶을 살고 싶다. 나도 이제 울트라 마라토너. 뛸 때는 '다신 안 뛰겠지' 싶었는데, 어느새 내년 청남대 대회를 기대한다. 가을엔 200km에 도전하고 싶다.'

용기를 낸 나의 댓글에 그녀는 응원으로 답했다.

"존경스럽네요. 저도 천천히 가보겠습니다."

"100km 대회는 또 다른 놀라운 배움과 감정을 느끼게 해주는
대회인 것 같아요. 응원합니다."

"선배님, 저도 힘낼게요. 언젠가 그곳에서 함께 달려요."

"그래요. 내년 청남대 대회에서 만나요."

8개월 후 나는 청남대 울트라마라톤 100km를 완주했다.
도전의 첫걸음을 내딛게 해준 민희 님과 댓글로 완주의 기쁨을
나눴다.

"완주를 축하드려요! 힘든 대회였을 것 같아요."

"물집과 사라진 발톱 하나, 근육통 외에는 괜찮아요.
제게 도전할 용기를 주신 민희님께 가장 먼저 기쁜 소식을
전해요. 힘들어도 지인과 함께 행복하게 다녀왔어요.
정말로 잊지 못할 대회예요."

"저도 첫 쉼터를 지나 해가 지기 시작할 때 달렸던 벚꽃 길이
아직도 생생해요. 평생 잊지 못할 추억이에요."

이어진 그녀의 글은 다시 내 가슴을 뛰게 했다.

'작년 나의 청남대 완주 후기가 쏘아 올린 작은 공.
나의 도전이 누군가에게 동기부여가 되고, 그의 도전이 나에게
힘을 준다. 잊지 않고 메시지를 보내주셔서 감사하고 기뻤다.
끊임없이 도전하며 살겠다는 내 삶의 의미를 다시금 되돌아보는
몽글몽글한 밤이다.
이제 200km 도전을 품을 때가 된 것인가.'

나도 벅찬 마음을 담아 댓글을 달았다.

'저도 한 걸음씩 따라갈게요. 진심으로 응원합니다.'

2022년 4월, 청남대에서 민희 님이 쏘아 올린 작은 공은
내 안에 불씨를 남겼고, 그 불씨는 이듬해 4월 청남대에서
커다란 불길로 타올랐다. 그 불길은 생명력으로 충만한 채
청남대 주로 위에서 나와 함께 했다.

1년 7개월이 지난 2024년 11월, 재엽 님이 제주 울트라마라톤
100km 완주 소식을 전했다.

그 도전의 시작이 바로 내가 올린 청남대 울트라마라톤 SNS
후기였다는 이야기와 함께였다.

2022년 민희 님, 2023년 나, 그리고 2024년 재엽 님으로 이어진
3년간의 SNS 도전기.

나이도 성별도 지역도 모두 달랐지만,

우리를 이어준 것은 단 하나. 도전하는 마음과 달리기,

그리고 SNS가 맺어준 따뜻한 연결이었다.

끝은 새로운 시작이다.

모든 도전은 하나로 이어진다.

오늘도 나는 이름 모를 당신이 쏘아 올릴 작은 공을 기다린다.

_____ ※ 러너 생각 : 장거리 겁내지 않기

1. 완주 이미지 트레이닝

· 완주후 SNS에 올릴 완주 영상이나 사진을 멋진 포즈로 미리 찍어둔다.

힘들 때마다 그 사진과 영상에 완주 기록을 넣어 올릴 순간을 떠올린다. 모두가 가진 인정 욕구를 적극 활용하는 전략이다.

2. 거리 축지법

· 축지법은 도술로 땅을 줄여 먼 거리를 가깝게 만드는 술법이다. A에서 B까지의 거리가 100이라면, 땅을 주름지게 하여 이를 50이나 20으로 축소해 빠르게 이동하는 방법이다. 거리 축지법은 이 개념을 활용해, 실제 거리를 작은 단위로 쪼개서 자신을 속이는 정신적인 전략이다.

· 예를 들어, 훈련 장소를 한 바퀴 도는 거리가 3km라면, 이를 1km로 간주하는 것이다. 실제로는 3km를 달렸지만, 마음속에서는 1회전을 1km로 축소해 부담을 줄인다. 목표가 30km(10회전)라면, 출발 전에 '오늘 목표는 10km(10회전)'라며 자신에게 반복해 각인시킨다.

· 달리는 도중에도 '너는 평소에 10km쯤은 조깅하듯 달리니까 문제없어'라고 스스로를 격려한다. '오늘은 겨우 10km를

뛰러 나온 거야'라고 자신을 속이며, 1회전, 2회전을 거듭할 때마다 3km, 6km가 아닌 1km, 2km밖에 안 달렸다고 상상한다. 예를 들어, 9바퀴(3km × 9 = 27km)를 도는 중이라면 '아직 9km밖에 안 달렸으니 충분히 힘이 남아 있어!'라고 상상하는 것이다. 이 전략은 짧은 거리보다는 최소 30km 이상의 장거리를 같은 장소에서 반복하는 훈련에 유용하다.

3. 퍼센트(%) 축지법

· 특정 구간을 반복해서 달리는 경우가 아니라면 거리 축지법을 쓰기 어렵다. 이때는 퍼센트 축지법이 유용하다. 퍼센트 축지법은 달린 거리를 체력 배터리(%)로 환산하는 정신 승리법이다.

· 예를 들어, 100km 울트라마라톤을 달리는 중이라면, 현재 40km를 달렸을 때 남은 60km를 의식하면 부담감이 커진다. 대신 40km를 40%로 생각하며, 지금까지 겨우 체력의 40%만 썼다고 상상한다. 30km를 달렸다면 겨우 30%밖에 쓰지 않았으니 아직 70%나 남았다며 스스로를 다독인다.

· 이 전략은 장거리 도전에서 특히 효과적이다. 남은 거리를 퍼센트로 환산해 지치지 않도록 자신을 설득하는 방법이다.

4. 종 치지 않기

· 네이비씰 해군대장 윌리엄 맥레이븐은 '힘들면 포기하세요'

니다. 훈련을 그만두고 싶다면 종을 울리기만 하면 됩니다. 종만 울리면 새벽 5시에 일어나지 않아도 됩니다. 얼음장 같은 물에서 수영하지 않아도 되고, 고통스러운 훈련도 끝입니다. 하지만 세상을 바꾸고 싶다면, 무슨 일이 있어도 절대로 종을 울리지 마세요. 때로는 아무리 열심히 준비하고 멋지게 해내도 실패는 찾아옵니다. 그럼에도 나아가야 합니다."

· 힘든 순간엔 트랙 위 상상의 종을 떠올린다. 트랙 위엔 종이 하나 있다. 훈련을 그만두고 싶다면 종을 울리면 된다. 종만 울리면 더 이상 숨 가쁘게 달리지 않아도 되고, 고통스러운 인터벌이나 장거리 훈련을 견딜 필요도 없다. 종만 울리면 지금 당장 모든 것을 끝낼 수 있다. 하지만 나를 바꾸기 위해, 무슨 일이 있어도 절대로 종을 울리지 않겠다고 다짐한다.

· 트랙 위의 상상의 종을 떠올리며 견뎌내도 종을 치고 싶을 만큼 힘든 순간이 온다면 다음 전략을 시도해보자.

5. 종 옮기기

· 상상의 종이 떠올라 무조건 달려가서 종을 치고 싶을 만큼 힘들다면, 이 전략을 추천한다. 이미 머릿속에 종이 떠올랐다면 지우기 어렵다. 그 대신, 종이 지금 이곳이 아닌 다른 곳에 있다고 상상하는 것이다. 예를 들어, 용인 아르피아 트랙에서 인터벌 훈련 중이라면, 7.4km 떨어진 광교 호수공원에

그 종이 걸려 있다고 상상한다.

· 스스로에게 말한다. "종을 치면 이 고통스러운 달리기를 멈출수 있다. 하지만 지금 종은 여기에 없고 저 멀리 다른 훈련장소에 걸려 있다." 그리고 묻는다. "7.4km를 전속력으로달려가 종을 치기가 쉬울까, 아니면 지금 훈련을 끝내기가쉬울까?"

· 답은 간단하다. 인터벌이든 장거리든 지금 이 자리에서 끝내기가 언제나 쉽다. 이 전략은 포기하려는 마음을 단념시키는데 유용하다. 세상을 바꾸고 싶다면, 나를 바꾸고 싶다면, 어떤 일이 있어도 절대로 종을 울리지 말아야 한다. 아무리열심히 준비해도, 아무리 멋지게 해내도 실패는 찾아온다. 그럼에도 우리는 멈추지 말고 계속 나아가야 한다.

CHAPTER 4

체력 너머의 것들

_____진짜 산길을 달린다고?

아무리 달리기를 좋아해도 하지 않겠다고 다짐한 것이 바로
트레일러닝(산이나 비포장 길 달리기)이었다.

평소 등산을 좋아하지 않는데다, 산에서 뛰다가 다쳤다는
이야기를 자주 들어 거부감이 들었다.
어느 날 인스타그램 친구들 운동 피드가 양손에 스키 폴대 같은
스틱을 들고, 몸에 착 달라붙는 배낭을 멘 러너들의 사진으로
가득 차 있었다. 운탄고도 스카이레이스 트레일러닝 대회였다.
수많은 러너들이 모여 축제를 즐기듯 행복해하는 모습이
눈길을 끌었다.
사진으로 본 트레일러닝 대회는 재미있을 것 같았다.
대회 참가자들 대부분이 애초 내가 상상했던 무시무시한
사람들이 아니라 평소 SNS와 오프라인에서 알고 지내던 친한
러너들이었다. 트레일러닝 대회에 나가는 러너들은 특별한
사람이라고 생각했던 선입견이 깨졌다.

언젠가 한 번 대회에 나가 보고 싶었다.
어느 날 단체카톡방에 7월 초 성남 누비길 16km 트레일러닝
대회에 단체로 참가할 사람을 모집하는 글이 올라왔다.

트레일러닝이 뭔지도 모르지만, 홀린 듯이 덜컥 신청했다.
트레일러닝화도 없는데 어쩌지? 일단 신청해놓고 정 안 되면
로드용 러닝화라도 신고 뛰어야 하는 상황이다. 초보가 무슨
신발 걱정인가 싶었지만 자세히 보니 문제가 하나둘이 아니었다.
지금까지 동네 뒷산도 안 가던 내가 트레일러닝이 가능할까?
일반 로드 마라톤이 아닌 산길을 16km나 뛰어서 완주할 수
있을까? 내리막길에서 뛰어 내려오다가 다치지는 않을까?
트레일러닝화 외에 어떤 장비가 필요한지도 알아야 했다.

길눈이 어두운 건 트레일러닝에서 치명적인 약점이다.
산속에서 길잡이 하나 없이, 혼자 길을 잃고 헤매게 될까봐
현실적인 두려움이 컸다.
같은 길도 여러 번 가봐야 겨우 눈에 들어오고,
가까운 동네가 아니면 길을 찾기가 쉽지 않다.
친구와 명동에서 약속을 잡고 1시간 넘게 헤맸던 적도 있었다.
도심에서도 이런데, 산에서는 말할 것도 없었다.
트레일 러너들은 산에서 길을 잃어버려 정해진 코스를 벗어나
헤매는 것을 '알바'했다고 말한다. 원래 아르바이트는
'본업 외에 부가적인 수입을 얻기 위한 일종의 부업'이고
그 줄임말이 알바이지만, 트레일러닝에서는
'본래 가야 할 길 외에 덤으로 달린 거리'를 말한다. '대형알바'는
수습이 어려운 수준의 장거리 알바를 했다는 말이다.

레이스를 거의 망칠 정도의 치명적인 알바란 거의 출발점에서 지금까지 달린 거리를 더 가야 할 만큼 길을 완전히 잘못 들어서 달렸다는 의미다.

트레일러닝 대회는 거리 구간별 제한 시간이 있어 '대형알바'를 하면 제한 시간에 걸려 중도 탈락할 확률이 높다.

나는 '알바'도 큰 걱정거리였다.

산을 달리는 것은 아스팔트 길을 달리는 로드 마라톤과는 전혀 다르다. 오르막길을 달리기 위해서는 평소 언덕 훈련과 스쿼트 같은 보강훈련이 되어 있어야 한다. 내리막길에서 중심을 잃거나 다리가 풀려 다치지 않도록 고강도 코어훈련도 반드시 필요하다. 하지만 초보 러너인 나는 완만한 구릉 같은 곳에서 오르락내리락하며 즐겁게 달리는 것이 트레일러닝인줄 알았다. 트레일러닝에 대한 무지가 나의 '대형알바'였다.

첫 트레일러닝 대회인 '성남 누비길 16km 대회'가 2주 앞으로 다가왔다.

무엇을 어떻게 준비할지 몰라 걱정하다가 인스타그램에 뜬 남한산성 트레일러닝 일일 클래스 공지를 보자마자 신청했다. 때마침 대회 코스랑 비슷해서 미리 길도 익히고 트레일러닝이 뭔지 감이라도 잡고 갈 수 있으니까. 낯선 사람들과 함께하는 모임에 스스로 신청해서 가는 것은 드문 일이었지만 대회가 걱정돼서 용기를 냈다.

교육 장소에 일찌감치 도착했다.

따뜻한 분위기에 곧 편안해졌다. 나처럼 트레일러닝 초보자는
거의 없었고, 대부분 트레일러닝 고수들이었다. 20명 정도
참가했는데 다들 복장과 체격이 바로 울트라마라톤 대회에
나간다고 해도 이상하지 않을 만큼 트레일러닝으로 단련된
모습이라 신기했다.

주최 측 코치님 시범으로 바로 오르막길, 내리막길 교육이 시작
되었다. 오르막길을 달릴 때는 미드풋으로 보폭은 짧게 짧게
끊어야 하고, 경사가 몹시 심한 오르막은 발바닥 전체로 골고루
힘을 받을 수 있어야 하고, 장판에 앞뒤로 발바닥이 쩍 붙었다
떨어지는 느낌으로 달리라고 했다.

내리막길은 오버페이스 하지 말고 무조건 안전하게 내려오고,
나무뿌리는 밟으면 쉽게 미끄러지므로 밟지 않도록 주의해야
한다는 것. 안전을 위해 반드시 접지력이 좋은 트레일러닝화를
신고 달릴 것과 팔과 어깨에 힘이 빠지지 않도록 상체 보강
운동을 해야 한다는 것 등 핵심 사항을 위주로 시범을 보이면서
알려주었다.

한 명씩 돌아가면서 실습을 시작했다. 조금 떨렸지만, 자세한
시범을 따라서 해보는 거라 어렵지 않았다. 러너 개인별 인생
사진을 찍어주는 시간이었다. 작가님이 사진을 찍어주시고,
함께 참가한 러너 분들이 고프로를 들고 영상을 찍었다.

마치 트레일러닝 대회에 온 듯한 분위기, 멋진 사진 선물과
티셔츠, 보충제, 양말, 수건 등 다양한 기념품, 러닝 고수들과
함께한 8km 트레일러닝까지. 무척 알찬 시간이었다.
운동을 계기로 내가 트레일러닝 프로그램에 참여해서,
새로운 분들과 함께 나란히 달린다는 것이 신기했다.
바쁜 일정에도 참석해 주신 김지수 선수, 금손 사진작가님,
부산에서 성남까지 달려오신 어느 선배 트레일 러너의
열정을 보며 나이가 들어도 건강하게 오랫동안 달리고 싶다는
소망이 생겼다.
교육이 끝나고 다 함께 이야기를 나누며 식사를 마쳤다.
집에 와서 보니, 단톡방에 첫 트레일러닝 사진이 올라와 있었다.
능숙한 트레일러너처럼 찍힌 내 모습에 웃음이 났다.
나는 어느새 트레일러닝화를 고르고 있었다.
결국 유튜브에서 추천하는 신발을 구매했다.
즐거웠던 교육 덕분에 트레일러닝의 세계에 첫 발을 디뎠다.

내 인생에서 처음 산을 달리는 성남 트레일러닝 대회 날이 밝았다.
코스는 세 가지. 가장 짧은 16km, 중간코스 32km,
가장 긴 64km였다. 초보자인 나는 16km 부문에 출전했다.
긴장된 마음에 새벽 4시 반에 나갔다.
대회가 시작되는 오전 8시보다 1시간 반이나 이른 6시 30분에
대회장에 도착했다. 첫 트레일러닝 대회라 모든 것이 신기하고

낯설었다. 전에 참가한 마라톤 대회와는 분위기가 전혀 달랐다.
마라톤 대회가 정장을 차려입은 사람들의 모임이라면, 트레일
러닝 대회는 거칠고 강한 사람들의 모임 같았다. 장기간 트레일
러닝으로 다져진 체력과 강렬한 포스가 느껴졌다.

대회장에 모인 사람들은 여기저기 모여서 사진을 찍고 서로
인사하느라 분주했다. 낯선 풍경에 어색해진 나는 아는 분들을
만날 때까지 기다리기로 했다. 우선 대회장을 한 번 둘러보았다.
사람들이 많아지기 전에 결승선에서 미리 셀카를 남기면 좋겠
다고 생각하고 있을 때, 브이솔런클럽 서윤 님과 인사를 나눴다.
결승선에서 피니시하는 기쁜 모습을 상상하며 함께 사진을
찍었다. 멋쩍어하는 그를 부추겨서 '지금 사람이 많지 않으니
전속력으로 결승선까지 달려오는 영상도 찍어보자'고 했다.
우리는 마치 피니시 라인을 방금 통과한 사람처럼 자세를 잡고
점프 샷도 찍고 웃으며 달려오는 영상까지 원없이 찍었다.
대회가 시작되기도 전에, 처음 트레일러닝 대회에 나온 우리는
피니시 사진과 영상부터 잔뜩 찍었다.
주위의 고수 트레일러너들이 우리를 보고 웃으며 말했다.
"이분들은 대회 시작하기도 전에 벌써 완주하셨네.
지금 집에 바로 가셔도 되겠어요."라고 말해서 폭소했다.
사실 결승선에 모여서 스냅사진을 찍는 사람들은 많았지만,
멀리서 달려오는 피니시 연출 영상까지 찍는 사람은 없었다.

남는 것은 사진뿐. 웃음을 참으며 피니시 연출을 마무리했다.
대회가 끝난 후 생각해 보니 '피니시 영상을 미리 촬영한 일'은
오늘 가장 잘한 일이었다. 실제 완주했을 때는 무더위에 얼이
빠져서 해맑은 표정이 나올 수 없었다.

역시 출발하기 전 인증이 정답이다.

드디어 오전 8시, 32km 주자들이 먼저 출발하고 우리 단거리 16km
주자들은 마지막으로 출발했다.

출발 전 머릿속에서는 얕은 오르막길을 즐겁게 달리는 모습을
상상했는데, 현실은 달랐다. 등산으로 단련된 분들은 앞서가고
경험이 없는 나는 곧 일행들과 헤어져서 열심히 산을 오르기
시작했다.

강한 햇볕과 무더위에 정신을 차릴 수가 없었다. 끝이 보이지
않는 지옥의 계단을 오르내리다 보니 점점 자신감이 없어졌다.
트레일러닝이라는 것이 계단만 죽어라 올라갔다가 내려가는
훈련인가? 왜 내가 트레일러닝을 한다고 이 짓을 하고 있나
후회하다가 앞사람을 놓쳐버렸다.

결국 알바를 했다. 체력을 깎는 극한의 알바 체험. 가까스로
다시 주로로 복귀해서 7.5km CP(체크포인트, 중간 보급장소)
에서 게토레이로 물통을 가득 채우고 8km 반환점인 남한산성
을 지났다. 평소에 달릴 때는 물을 잘 안 마시는데,
이렇게 뜨거운 날씨에는 물을 마시지 않으면

탈수증상이 있을 것 같아 수시로 물을 꺼내 마셨다.

언덕 훈련이 되어 있지 않은 몸은 더는 못 가겠다고 버텼다.

에너지 젤 2개를 먹으며 힘든 순간을 가까스로 견뎌냈다.

계속되는 오르막길에 부실한 다리가 말을 듣지 않았다.

다리에 힘이 풀렸다.

끝난 줄 알았는데 잠시 후 다시 눈 앞에 펼쳐지는 계단 지옥.

다른 러너들은 도대체 어떻게 올라가는지 눈을 크게 뜨고

살펴보니 스틱을 쓰며 빠르게 오르기, 허리춤에 손을 올리고

계단 오르기, 뒷짐 지고 계단 오르기 등 갖은 기법을 쓰고 있다.

곁눈질로 그분들의 방법을 따라 하면서 가까스로 업힐 지옥을

빠져나온다.

이 짧다면 짧은 16km의 거리에서 두 번째 알바를 시작했다.

계속 내리 쬐는 햇볕, 이미 지쳐버린 팔다리, 어딘지도 모르고

계속 올라갔다 내려갔다만 하는 계단 지옥을 지나 결승선에

가까워진 상황에서 1km 정도 알바를 했다.

반환점인 남한산성을 돌 때 길을 잘못 들어서 한참 내려갔다가

다시 올라왔던 첫 번째 알바, 그리고 거의 다 도착해서 막판에

길이 아닌 농로로 들어가서 진흙을 밟으며 길을 찾아다닌

두 번째 알바까지. 그나마 산길에 베테랑인 갱런 9기 은희 님과

같이 알바를 해서 외롭지 않았다. 따가운 풀에 종아리가 스치

기도 하고, 진흙탕을 한참 걸어 나와서 겨우 산길로 다시 올라올 수 있었다. 알바를 하며 길을 몇 번 놓치니 힘이 쑥 빠졌다. 그래도 포기하지 않고 신나게 포즈를 취했던 처음의 결승선에 다시 들어왔다.

나의 첫 트레일러닝 16km 대회, 11분 26초 페이스로 달려서 3시간 2분 59초로 완주했다.

기록은 보잘 것 없었지만, 폭염에도 용기내어 첫 도전에 완주할 수 있어 기뻤다. 산을 달리는 트레일러닝은 로드 마라톤과 정말 달랐다. '달린지 몇 년 되었다'고 우쭐하던 나를 겸손하게 해준 첫 트레일러닝 대회, 땀방울의 기억과 알바의 추억.
그래도 자꾸 다니면서 길을 알게 되면 더 즐길 수 있고 기록도 줄일수 있다. 트레일러닝의 세계는 어렵고 험난하지만, 그 나름의 신선한 매력이 있다는 것을 깨닫게 해준 첫 대회였다. 다시는 트레일러닝 대회에 나가지 않겠다고 결심했는데, 지금까지 두 번이나 더 긴 거리의 트레일러닝 대회에 참가했다. 지치고 힘들어서 '다시는 대회에 나가지 않겠다'는 러너들의 말은 절대 믿으면 안 된다.

그 말 속에는 이미 다음 도전을 향한 의지가 숨어 있다.

_____ 거꾸로 뛰는 남자 (1부)

내 닉네임은 미니락(승우)이다.

기다리던 첫 2022 JTBC 서울 마라톤 대회가 코앞이다. 바로 전
춘천마라톤 대회에서 3시간 38분 기록으로 풀코스를 마쳤다.
목표 시간 3시간 30분을 넘겨서 살짝 아쉽다. 몸 컨디션은
좋으니 2주 뒤 열리는 JTBC 서울마라톤 대회에서는 더 잘 달릴
수 있지 않을까? 이번 대회는 그동안 준비한 풀코스 3시간 30분
이내 목표를 이룰 절호의 기회다.

런데이 크루 대화방에 들어갔다.

코로나 때 SNS로 친해진 러너들이라 실명보다 닉네임이 더
익숙하다. 미니락(나), 반쪽세상지기 님(현진), 구르는팬더 님
(우영), 또링또링 님(효원), 나라라 님(나라), 샴푸의요정 님(경
임), 상우 님. 크루원 중 세 명, 나와 구르는팬더 님, 반쪽세상
지기 님)이 JTBC 서울마라톤대회에서 풀코스를 신청했다.
구르는팬더 님이 이야기를 꺼냈다.

"혹시 이번 대회 때 우리 셋이 같이 나란히 출발하면 어떨까요?
다른 크루분들 보니까 목표기록이 비슷한 러너들이 나란히
달리면서 서로 끌어주고 응원하면서 완주하는데 정말 부러웠

어요. 우리도 달리는 속도가 비슷하니 같이 뛰면 좋을 것 같은
데 어떠세요?"

반쪽세상지기 님이 입을 열었다.
"저는 JTBC 서울 마라톤 대회 때 달릴 수 있을지 모르겠어요.
춘천마라톤 대회 끝나고 다리가 불편해서 그날이 되어봐야
알 것 같아요. 미니락 님은 얼마 전 춘천마라톤에서 아깝게
3시간 30분 넘기셨죠? 이번에 저희랑 같이 달리면 기록 단축은
어려울 텐데 괜찮으세요?"

구르는팬더 님의 제안이 귀에 들어오지 않았다.
머릿속에는 온통 '어떻게 하면 지금 컨디션을 계속 살려서
JTBC 서울 마라톤 대회에서 더 좋은 기록을 낼까' 생각하고
있었다. 하지만 모처럼 함께 달리자는 말에 혼자 좋은 기록을
내려는 마음을 접고 글을 남겼다.

"좋아요. 구르는팬더 님 말씀처럼 이번 대회 때는 셋이 같이
달려요. JTBC처럼 큰 대회에서 모처럼 함께 달리면 즐거울 것
같아요. 대회 당일에 일찍 모여서 나란히 출발해요.
좋은 컨디션으로 대회 날 봐요. 다들 파이팅!"

런데이 크루의 첫 JTBC 풀코스 동반주가 성사됐다.

우리가 대회에서 함께 모여 달리는 건 이번이 처음이다.

기록 욕심을 내려놓기로 했다.

춘천 마라톤에서 최선을 다했으니 JTBC 서울 마라톤 대회까지 무리할 필요는 없었다. 가까운 사람들과 즐겁게 달릴 생각에 부담감이 사라졌다.

드디어 JTBC 대회 날이다.

새벽 5시 30분에 상암 월드컵경기장에 도착해서 짐을 맡기고 갱런 크루 동기들과 만나서 단체 사진을 찍었다. 런데이 크루 분들과 만날 시간이다. 어? 전화기가 없다. 아까 짐 부칠 때 같이 맡겨버렸다. 주위를 둘러보니 이미 러너들로 가득하다. 방금 다녀왔는데 불안해서 화장실에 또 가고 싶다. 벌써 간이 화장실 앞에는 긴 줄이 늘어서 있다. 가까스로 볼일을 마쳤다. 조별로 출발선에 서야 할 시간이다. 이리저리 둘러봐도 찾을 수가 없다. 기적이 일어나지 않는 한 크루 분들을 찾기는 어렵다. 혹시 내가 같이 달리기 싫어서 일부러 연락을 안했다고 생각하지 않을까 미안했다. 함께 뛰자고 했던 말은 진심이었다.

아침에 집에서 나올 때도 오늘 다 같이 즐겁게 완주할 생각에 기뻤다.

구르는팬더 님과 반쪽세상지기 님은 지금 어디 계실까?

출발 대기선을 가득 메운 러너들 사이에서 고개를 들어 아무리

훑어보아도 보이지 않는다. 한참 동안 나를 찾았을 분들을 생각하니 한숨이 난다. 서로 페이스메이커가 되어주기로 했는데 이제 어떻게 하지? 혼자 달리는 수밖에 없다.

나는 D조다.
오프라인 대회 기록이 없는 사람들이 모두 D조다. 우리 셋 다 D조라서 혹시나 주위에 있지 않을까 고개를 돌려본다. 빼곡하게 늘어선 사람들 사이에서 꼼짝달싹하지 못하겠다. "자, A조 출발합니다. 다 함께 카운트다운 해주세요. 5, 4, 3, 2, 1. 출발! 그다음 B조 준비하세요." 곧 우리 D조가 달릴 차례다. '그냥 포기하고 달려야겠구나.' 긴장된 마음에 잠시 눈을 감는다. '오늘 무사히 완주할 수 있길. 어쨌든 힘내서 달리자.' 마음속으로 중얼거리고 있을 때, 그때 뒤에서 누군가 나직이 나를 부른다.
'누구지? 여기서 나를 아는 사람이 있을까?'
"미니락 님! 저예요! 반쪽세상지기예요." 목소리의 주인공을 보자마자 놀랐다. '아니, 이 많은 사람 틈에서 나를 찾아냈구나!' 반쪽세상지기 님이 뒤에 서 있었다. 계속 나를 찾았다고 한다. 아쉽게도 구르는팬더 님은 찾지 못했다. 우리 둘이라도 같이 달리기로 했다. 미안한 마음을 덜고 그와 함께 출발선에 섰다.
"자, D조도 앞에서부터 차례대로 출발하세요!"
카운트다운이 끝났다.

사람들로 발 디딜 틈이 없다.

여기가 영화 설국열차의 꼬리 칸이다. 사람들 틈에서 가까스로
몸을 움직이다가 갑자기 얼굴이 환해진다. 하하.

내년이면 꼬리 칸 탈출이다. '내년에는 더 앞에서 뛸 수 있겠지?
춘천마라톤에서 낸 기록이면 더 앞 조로 갈 수 있다!'

영화 속 한 장면을 상상한다.

꼬리 칸, 가본 적 있어?

우리가 열차에 탈 때 어땠는지 상상이나 가?

말 그대로 난장판이었어.

깔리진 않았지만 몸을 돌릴 공간조차 없었지.

뭐가 가장 혐오스러웠는지 알아?

내가 기록 맛을 알았다는 거야. A조가 가장 맛있다는 것도.

어차피 사람들이 많아서 빨리 달릴 수도 없다.

'그래, 축제다. 오늘은 그냥 즐기자.'

부담을 완전히 내려놓고 조깅하듯 천천히 달린다.

반쪽세상지기 님과 수다를 떨고 에너지 젤을 꺼내 나눠먹는다.

옆에서는 러너들이 죽기 살기로 우리를 스치며 뜨겁게 달리기
시작한다.

대회에 나가도 부담없이 즐기면서 달릴 수 있다는 것은 새로운 경험이다. 매번 대회장에서 목표를 위해 시계만 보고 달렸다. 대회에 나왔으니 기록증 숫자를 1초라도 당기기 위해 온 힘을 쥐어짜내야 한다고 믿었다.

부담을 내려놓으니 서로의 발소리만 들렸다.

21km를 지난 지 얼마 되지 않았을 때였다.

반쪽세상지기 님이 갑자기 다리를 절룩거리기 시작했다.

페이스가 눈에 띄게 떨어졌다.

"반쪽세상지기 님, 괜찮아요? 다리가 많이 안 좋아요?"

"네. 다리 상태가 많이 안 좋네요. 죄송해요."

"아프셔서 걱정이네요. 파스 뿌려주는 데서 일단 멈추세요."

"네. 그때까지 일단 참고 달릴게요."

걱정이 커졌다.

'부상이 아직 낫지 않아서 오늘 대회에 못 올 수 있다고 했는데, 괜히 나 혼자만 편히 달리고 있었나?'

완전히 멈추지는 않았다. 느려도 계속 달릴 수 있어서 다행이다. 이미 많이 달려왔다. 끝까지 걷지만 않는다면 컷오프 전에 결승선까지 들어갈 수 있을 것 같았다. 어느 순간, 아파하던 그의 발이 완전히 멈췄다.

더 이상 그는 다리를 들어 올리지 못했다.

'어떻게 해야 하나? DNF를 해야 하나?'

대회를 포기한다는 단어는 DNF(Did Not Finish)이다.

대회에서 DNF를 했다는 말은 레이스를 중도 포기했다는 뜻이다. 달리기를 시작한 후 대회에서 한 번도 DNF 해본 적이 없었다.

'혹시 오늘이 생애 첫 DNF를 기록하게 되는 날인가?'

그는 부상 때문에 나까지 완주하지 못할까 봐 계속 걱정하며 미안해하고 있었다. 사실 나는 그와 오늘 레이스를 끝까지 함께 할 생각이었다. 우리가 오늘 얼마나 달릴 수 있을지는 몰랐다. 그가 부상이 있는 것은 알고 있었지만, 기록과 상관없이 느리게라도 함께 완주하고 싶었다.

그의 상태는 예상보다 심각했다. 다리가 아예 멈춰버려서 더 이상 레이스는 불가능했다. 포기하고 싶지는 않았다. 수년간 꿈꿔왔던 우리의 첫 오프라인 대회였다.

이렇게 허무하게 끝내기는 싫었다. 우리의 소중한 첫 동반주를 DNF로 기억하고 싶지 않았다.

온 마음을 다해 그를 응원했다.

하지만 한 번 멈춰진 다리는 다시 시동이 걸리지 않았다.

그도 혼신의 힘을 다하고 있었다. 아무리 애를 써도 소리만 나다가 시동이 툭 꺼져버리는 고장 난 자동차처럼, 의지와 상관없이 다리가 위로 들리지 않았다.

그는 더 이상 달릴 수 없었다.

앞으로 17km를 더 가야 했다.

우리는 일단 걷기 시작했다.

지금부터 걸으면 제한 시간 내 완주는 불가능하다.

신나게 달려가는 러너들에게 방해가 되지 않기 위해 갓길로
비켜섰다. 우리는 말없이 주로를 걸었다.

조금 전까지는 어떻게든 우리의 첫 완주 메달을 기대하는
마음이었다. 걸으면서 그 마음까지 내려놓았다.

눈앞에 아무리 애를 써도 달리지 못해서 고통을 참고
미안해하며 걷고 있는 그가 보였다.

그가 고통을 끝낼 수 있도록 도와야 할 시간이었다.

고개를 숙이고 걷던 그는 가까스로 발걸음을 떼면서 속삭이듯
작게 말했다.

"미니락 님, 오늘 저 때문에 중요한 대회를 망치셔서 정말
죄송해요. 저는 이제 더는 안 될 것 같아요. 혼자 걷다가 정
안되면 후송 버스 타고 돌아갈게요.

이제부터라도 혼자 가세요.

평소 페이스로 달리시면 제한 시간 안에 완주하실 거예요.

저는 그냥 놔두고 먼저 가세요. 저는 정말 괜찮아요."

눈시울이 뜨거워졌다.

완주 메달은 받지 못해도 상관없었다. 중간에 대회를 포기하고
버스를 타도 상관없었다. 같이 걷다가 제한 시간을 넘겨 컷오
프로 탈락해도 좋았다. 뭐가 되든 상관없었다.

오늘 대회에서 그와 끝까지 함께 하기로 마음을 굳혔다.
마지막 완주 기대까지 놓아버리자, 마음이 홀가분해졌다.
나는 환하게 웃으며 그에게 말했다.

그런 말씀 마세요. 저는 혼자는 안 갈 거예요.
완주해도 반쪽세상지기 님과 같이 완주하고
포기해도 같이 포기할게요.
우리 할 수 있을 때까지만 같이 힘내요.

무작정 걷고 또 걸었다.
어디선가 갑자기 손에 스프레이를 든 구세주가 나타났다.
나이 많은 선배 러너였다. 걷고 있던 그에게 어디가 아프냐고
큰 소리로 물었다. 무릎이 아프다는 말에 들고 있던 스프레이
한 통을 반쪽세상지기 님 두 다리에 전부 뿌려주었다.
큰소리로 "절대로 포기하지 말고! 끝까지 힘내!"라는
격려의 말을 남기고 힘차게 앞으로 달려갔다.

멀리 사라져가는 노선배의 모습을 계속 눈으로 좇았다.
그는 갓길에서 걷는 러너들을 만날 때마다 계속 스프레이를
뿌려주며 힘차게 응원했다.

그때 반쪽세상지기 님이 걸음을 완전히 멈췄다.

'이제는 아파서 걸을 수도 없구나. 포기하자고 해야겠다.

최선을 다했으니 여기서 그만 멈추자고 먼저 말해야겠다.'

뭔가 좀 이상했다.

내가 잘못 봤나? 그는 다리를 조금씩 들어 올렸다. 나는 눈을
의심했다. 반쪽세상지기 님의 다리가 바닥에 본드로 붙었다가
떨어진 것처럼 위로 들렸다. 잠시 후 그의 다리가 회전하기
시작했다. 놀랍게도 그가 다시 뛰기 시작했다.

그와 나는 다시 달렸다.

느린 속도였지만 달릴 수 있었다.

마지막 기회였다. 이제 멈추면 정말 끝이다.

앞으로 달리다가 멈추면 다시 달릴 수 있다는 보장이 없었다.

결승점에 도착할 때까지 그가 쉬지 않고 계속 달릴 수 있도록
도왔다.

급수 지점에 도착할 때마다 물과 스펀지를 하나씩 더 받아서
반쪽세상지기 님께 드렸다. 그렇게 계속 달렸다.

희망이 생겼다.

40km 구간이다. 마라톤에서 가장 힘들고 고통스러운 구간이다.

이상하게 힘들지 않았다. 그냥 웃음이 났다.

다시 달릴 수 있다는 것만으로 기뻤다.

급수대가 나오면 가벼운 마음으로 신나게 달려가서 물 두 잔을
들고 달려와서 사이좋게 나눠 마셨다. 우리의 소중한 첫 대회
동반주를 완주할 수 있겠다는 기대감에 가슴이 설레었다.

나는 대회 경기복으로 갤런 싱글렛을 입었다.

주로에서 갤런 러닝크루 응원단을 만날 때마다 반쪽세상지기
님이 몇 발짝씩 뒤로 물러났다가 지나가면 다시 나란히 달리곤
했다. 처음에는 왜 그가 뒤로 가는지 눈치채지 못했다.

궁금해서 이유를 물었다.

"반쪽세상지기 님, 혹시 방금 너무 아파서 뒤로 가셨어요?"

"아니요. 갤런 런크루에서 승우님 사진 찍어주시는데, 갤런이
아닌 제가 옆에 있는 게 미안해서요. 사진 찍으시는 분들도
불편하고, 승우 님이 가려서 사진도 잘 안 나올 것 같아서요."

"아유. 그럴 리가요. 같이 찍히면 더 좋죠. 앞으로 같이 찍어요!"

그의 세심한 배려에 멍해졌다.

아파서 겨우 달리면서도 어떻게 저런 마음을 낼 수 있을까?

드디어 잠실 종합운동장이다.

이제 고작 몇 백 미터 남았다. 운동장 입구에 들어서면 금방
피니시 라인이다. 문득 옆구리가 허전해서 고개를 돌려본다.
옆에 있어야 할 반쪽세상지기 님이 보이지 않는다.

'무슨 일이지? 분명히 계속 나랑 같이 달려왔는데.

다리가 아파서 갑자기 멈춘 건 아닐까? 어디서부터 그랬을까?

지금 어디 계실까?'

놀이공원에서 아이의 손을 놓쳐버린 사람처럼 다급히 발길을 돌린다. 수많은 러너가 마지막 피니시를 뜨겁게 장식하기 위해 온 힘을 다해 내 쪽으로 달려온다. 나는 조심스럽게 사람들을 피해 거꾸로 달리며 애타게 그를 찾는다.

몸을 돌려 지금까지 달려온 방향으로 다시 뛰었다.

누군가 절뚝거리며 달려오는 모습이 보인다.

반쪽세상지기 님이다. 걱정스러운 마음에 한달음에 달려가서 그의 어깨를 두드린다. 휴. 안도의 한숨이 나온다. 다시 그와 천천히 발을 맞춘다. 전에는 피니시 라인에 웃으면서 들어온 적이 없었다. 1초라도 당기려 쥐어짜고 온갖 인상을 쓰면서 전력 질주를 했다.

이날은 달랐다.

나는 전력 질주를, 그는 아픈 다리를 포기하고 서로를 선택했다. 나는 엇갈린 출발선에서 기적처럼 나를 찾아준 그에게 완주로 보답하고 싶었다. 그는 기록을 포기하며 함께 달린 나를 실망 시키지 않기 위해 초인적인 노력으로 통증을 참아내었고, 마침내 '완주'라는 값진 선물로 보답했다.

잠실 운동장 안으로 들어섰다.

"갱런 파이팅!"이란 응원 소리가 귀에 들리자 양손을 번쩍 들어 크게 하트를 그렸다. 동반 주자인 그의 손을 잡고, 하늘 위로 높이 치켜들었다.

우리는 천천히 트랙을 돌아 피니시 라인을 밟은 뒤 서로를 꽉 끌어안았다.

풀코스 완주 4시간 26분 1초.

춘천마라톤보다 1시간 더 걸렸지만 기쁨으로 얼굴은 환히 빛났다.

나는 끝까지 포기하지 않은 그를,

그는 기록을 포기한 나를 꼭 안아주었다.

_____파스 뿌려주는 러너 (2부)

내 닉네임은 반쪽세상지기(현진)다.

이번 JTBC 서울 마라톤 대회에 나갈 수 있을까?

솔직히 고민이다. 춘천 마라톤이 끝난 지 1주일이 넘도록 아직도 장경인대가 아프다. 통증이 완전히 사라지지 않았다.

얼마 전 억지로 통증을 참고 트레드 밀에서 뛰어보니 겨우 8km를 뛰었다.

지금 상태로 42km 풀코스는 무리다. 달리지 않아도 되는 이유와 핑계는 넘친다. 그럼에도 대회에 참여하기로 했다.

이유는 하나였다. 미니락 님(승우)과 만나고 싶은 좋은 분들이 그곳에 있기 때문이다.

대회 날이다.

대회장에 도착해서 바로 탈의실에서 옷을 갈아입고 12호차에 짐을 맡겼다. 출발시간까지 조금 여유가 있었다. 만나기로 한 미니락 님과 구르는팬더 님을 찾아봤지만 결국 만나지 못했다. 출발시간이 다가와서 쫓기듯 D그룹 출발선에 섰다.

'오늘도 또 혼자 뛰겠구나' 하는 생각에 씁쓸해졌다. 그래도 계속 찾았다. 주위에 지나가는 러너 분들의 얼굴을 계속 쳐다보기를 얼마나 했을까? 낯익은 러닝 복장의 러너를 발견했다.

미니락 님이다! 반가워서 곁에 가서 인사를 드렸다.

다른 분들도 계속 찾아보았지만 결국 만나지 못했다.

동반주가 시작되었다. 5km, 10km… 달리는 내내 양쪽 무릎에 지독한 통증이 찾아온다. 거리가 늘어가면서 고통은 말할 수 없이 심해졌다. 오르막길은 무리가 없었다. 하지만 내리막길은 도저히 빠르게 내려갈 수가 없었다. 무릎에 가해지는 충격은 통증이 되어 참을 수 없을 만큼 온몸을 아프게 찔러댔다.

드디어 고비가 찾아왔다. 통증이 심해서 의무대에 잠시 멈췄다. 파스를 뿌리려고 다리를 잠시 멈췄다. 파스를 양 무릎에 뿌리고 다시 달리려고 다리를 들어 올렸다. 뭔가 깊숙이 찌르는 통증과 함께 아예 다리가 올라가지 않았다.

마치 무릎 위쪽에 긴 바늘이 있는 벽이 있는 것처럼 다리를 올리면 올릴수록 바늘로 푹 찌르는 듯 통증이 몇 배로 켜졌다. 순간 '레이스가 끝났다'는 생각이 스쳐갔다.

고개를 푹 숙이고 걷기 시작했다. 남은 거리 17km는 걸어서 도착하기에는 정말 먼 거리였다. 하지만 옆에서 걱정해주는 미니락 님의 레이스까지 망쳤다는 자책감과 미안한 마음 때문에 멈추지 못했다.

그저 걸었다. 미니락 님에게 물어보았다.

"더 이상 저는 같이 달리지 못할 것 같으니, 먼저 가시는 게 좋을 것 같아요. 저는 걷다가 정 안 되면 버스를 탈게요."

그는 괜찮다고 하며 내 옆에서 함께 천천히 걸었다.

수많은 사람이 우리 옆을 스쳐 지나갔다. 힘차게 달려가는 러너들을 부러워하며 쳐다보고 있을 때였다.

뒤에서 무슨 소리가 들렸다.

"어디로 가요?" 방해되니 비켜 달라는 소리인 줄 알고 도로 옆으로 더 바짝 붙었다.

연세가 좀 있으신 러너 분이 "어디가 아파?"라고 물어보셨다. "양 무릎 옆이요"라고 대답하니 스프레이 파스를 양 무릎에 듬뿍 뿌려주시고는 포기하지 말라는 응원까지 해주셨다. 일면식도 없는 사람에게 도움을 주고, 앞서가면서 나처럼 걷는 러너들에게 손에 들고 있던 파스를 아낌없이 뿌려준 그분의 마음에 가슴이 뜨거워졌다. 모든 걸 다 포기하고 곁에서 함께 해주신 미니락 님께 보답하고 싶은 마음이 다시 간절해졌다.

이를 악물고 다시 다리를 들어 올렸다.

찌르는 듯 통증이 심하게 느껴졌다. 선배 러너들에게 자주 듣던 말이 있다. "아프면 포기해라. 이번 한 번만 달릴 거냐?" 수백 수천 번 듣던 말이지만, 오늘은 그 어떤 말도 듣지 않기로 했다. 뛰고 싶고 뛰어야만 했다. 통증에 상관없이 다리를 위로 치켜 올렸다.

우두둑 뭔가 뜯어지는 소리가 나며 다리가 올라왔다.
다리가 회전하면서 그때부터 천천히 달릴 수 있었다.

다시 동반주가 시작됐다.
'이제 멈추면 그것으로 끝이다'라는 생각으로 시선은 1m 앞
도로에 고정시킨 후 다리는 기계적으로 움직였다. 통증은
양 무릎을 번갈아 타고 올라오며 나를 꾸준히 괴롭혔다.
그 상태로 30km를 지나 35km까지, 35km를 지나 40km를
지났다. 급수 및 보급품이 있을 때마다 챙겨준 미니락 님의
밀착 지원을 받으면서 계속 달렸다.
저 멀리 잠실 종합운동장이 보였다.

41km 지점을 지나고 있을 때였다. 그나마 버텨주던 오른쪽
무릎이 통증을 못 이기며 한 번씩 휘청거리기 시작했다.
그때마다 주춤거리다가 속도가 확 떨어졌다.
옆에서 달리던 미니락 님과 잠시 멀어졌다가 거꾸로 달려온
그와 다시 만났다. 인스타그램에 올린 대회 영상 중 미니락 님이
뒤돌아서 반대로 달려오는 장면이 바로 그 순간이다.
그 뒤에도 몇 번이나 오른쪽 무릎이 튕길 듯한 통증이 있었다.
피니시 라인을 앞두고 미니락 님이 같이 손잡고 들어가자고
해서 마지막은 즐겁게 웃으면서 달렸다.

JTBC 서울마라톤 대회 내내 곁에서 끝까지 함께 해준
미니락 님께 완주의 기쁨을 담아 포옹과 감사 인사를 전했다.
'다음에는 내가 꼭 그의 페이스메이커가 되어 달려보리라.'

❝

마라톤 대회에서 달리다가 뒤로 가는 건 있을 수 없는 일이다.
하지만 때로는 기록보다 사람이 중요한 순간이 있다.
경쟁을 넘어 부끄럽지 않게 달려야 하는 순간이 있다.

❞

4시간 26분 1초.
기록 뒤에는 우리들의 이야기가 있다.
완주보다 빛나는 건, 대회장을 감싸는 사람들의 온기다.

_____ 다시 나를 찍다

마라톤 대회를 마치고 모처럼 러너들과 이야기를 나눌 기회가 있
었다.

처음에는 그날의 달리기 경험을 나누는 가벼운 이야기로 시작
해서 달리기를 시작하면서 달라진 모습으로 대화가 흘렀다.
신체적인 변화에 관한 내용이 많았다.
달리기 전보다 적게는 3kg에서 많게는 30kg 이상 살을 뺐다는
사람도 있었다. 크든 작든, 다들 달리기 전과 지금의 모습이
눈에 띄게 달라졌다고 입을 모았다.
나는 달리기를 시작하면서 두 달 만에 10kg이 넘게 빠져서
20대 때 몸매로 돌아갔다고 말했다.
처음에는 회사에서 사람들이 뒷모습을 보고 누구인지 몰라보
기도 했다. 살이 갑자기 빠지니까 암이나 큰 병에 걸린 것이
틀림없다고 수군거렸다. 누군가 용기내서 물어보길래,
요즘 달리기를 한다고 대답했던 기억이 난다.

앞에 앉은 내 또래 남자가 입을 열었다.
"가장 큰 변화요? 저는 무엇보다 사진이라고 생각해요.
달리기하는 사람들은 핸드폰이 온통 자기 사진이에요.
지금 다들 전화기를 한번 열어보세요. 제 말이 맞죠?"

그의 말에 핸드폰을 보았다.

잠금화면에 소매 없는 밝은색 옷을 입고 힘차게 달리며 환하게 웃고 있는 내 사진이 있었다. 웃으면서 고개를 끄덕이는 우리를 보며 그가 말을 이었다.

"달리기를 시작하기 전엔 제 사진이 없었어요. 애들 사진만 있었죠. 애들 노는 사진, 예쁜 표정 사진. 애들 찍은 사진만 가지고 다녔어요. 나이가 드니까 더 사진 찍기가 싫더라고요."

다들 조용히 그의 말에 귀를 기울이기 시작했다.

"결혼해서 아이를 키우는 사람들은 보통 자기 사진은 없고 아이들 사진만 가지고 있어요. 하지만 달리기를 하면 달라져요. 핸드폰에 아이들과 남편 사진은 거의 없고 다 자기 사진이에요. 건강하게 땀 흘리며 달리는 나 자신과, 다른 사람들과 함께 달리며 웃고 있는 내 사진들로 채워져요.

항상 애들과 남편, 아내만 바라보다가 처음으로 자기 자신을 바라보기 시작하게 되는 거예요. 누구의 엄마, 아빠가 아니라 달리는 사람, 러너 OOO가 되는 거죠."

그의 말에 가슴이 뭉클해졌다.

다시 핸드폰을 꺼내 사진첩을 열어보았다. 정말이었다.

달리기를 시작하기 전인 사십 대 중반까지 내 사진은 거의 없었다.

온통 아이들과 가족사진뿐이었다.

그러나 달리면서 처음으로 셀카를 찍기 시작하고

달라지는 모습을 사진에 담았다.

그가 다시 말했다.

"참 신기해요. 다들 그렇게 자기 사진 찍기를 좋아하면서

지금까지 어떻게 참고 살았는지 몰라요. 안 그래요?

어떨 땐 '내가 사진을 찍으려고 달리고 있나?' 하는 생각도

들어요.

다들 그런 생각해본 적 없나요?"

그의 말에 다들 공감하듯 크게 웃었다.

사실 나도 예전에는 셀카는 외모가 가장 빛날 때 찍어야지

나이가 들면 되도록 사진을 찍지 말아야 한다고 생각했다.

유튜브에서 40개월 미만 자녀를 둔 젊은 아빠들에게 '아동 학습

발달에 미치는 아빠의 역할'이라는 명목으로 찍은 몰래카메라 영

상을 보았다.

긴장한 표정의 젊은 아빠들이 하나둘 자리에 앉는다.

자리에는 설문지가 놓여있다.

"아이가 제일 좋아하는 음식은 무엇인가요?"

펜을 든 아빠들의 손이 빨라진다. 질문이 이어진다.

"아이의 자는 모습을 지켜본 적이 있으신가요?"

아빠들은 얼굴에 웃음을 짓는다.

"당신 차에, 핸드폰에, 책상 위에, 지갑 속에... 아이의 사진이
몇 장이나 있나요?"

아빠들은 신이 난 표정으로 지갑과 핸드폰을 꺼내어 사진을 센다.

"아이에게 마지막으로 사랑한다고 말한 건 언제인가요?"

아빠들은 사랑하는 아이를 떠올리며 활짝 웃는다.

잠시 후 같은 질문에 대상만 바꿔서 다시 설문지가 놓인다.

아이가 아버지로 바뀐다.

"아버지에게 사랑한다고 마지막으로 말한 건 언제인가요?"

아빠들의 얼굴이 숙연해지고 미안함에 가만히 눈을 감는다.

"아버지가 제일 좋아하는 음식은 무엇인가요?"

아빠들은 턱을 괴고 종이를 뚫어지게 쳐다본다.

"최근에 아버지를 안아본 적이 있나요?"

아빠들은 방 안의 빈 곳을 멍하니 응시하고 있다.

"아버지의 자는 모습을 지켜본 적이 있으신가요?"

펜은 더 움직이지 않는다.

"당신 차에, 핸드폰에, 책상 위에, 지갑 속에... 아버지의 사진이
몇 장이나 있나요?"

아빠들은 이제 눈을 지긋이 감고 고개를 떨군다.

고개를 숙인 아빠들의 귓가에 익숙한 목소리가 들린다.

TV가 켜지고 "○○○ 아빠입니다"로 시작하는 자신의 아버지의 목소리. 모든 아버지의 말은 다르지 않았다. 어릴 때 엄하게만 해서 미안하다고, 부족한 아빠여서 더 많이 해주지 못해 항상 미안하게 생각한다는 이야기였다.

이제는 가정을 이루고 사회인이 된 아빠는 아버지 목소리 앞에 눈물을 보이고 다시 아이가 된다. 그 순간 방문이 열린다.

아버지가 들어온다.

어린아이가 되어 울고 있는 아빠를 가만히 안아준다.

어린 시절 아빠의 사진이 자막처럼 영상에 흐른다.

사진 속에서 아버지는 아빠가 되고, 아빠는 아이가 되어 환하게 웃고 있다.

사진 속 아버지는 젊고 멋진 모습으로 서 있고,

아빠는 자신의 아이처럼 귀엽고 사랑스럽다.

방 안에 누워 발로 아빠를 비행기 태우며 웃는 아버지의 모습은 지금 아빠와 아이의 노는 모습과 다르지 않았다.

"어쩌면 당연해서 잊고 지내는 이름, 늘 그 자리에 있기에 무심했던 이름, 사랑한다는 말로는 다 채울 수 없는 이름,

곁에 있는 것만으로도 하늘처럼 든든한 그 이름, 아버지.

그 이름의 든든함을 배웁니다." 이 메시지로 영상은 끝이 난다.

나는 아버지가 아닌, 나 자신에게 다시 질문을 던진다.

"당신 자신에게 사랑한다고 마지막으로 말한 건 언제인가요?"

"당신이 가장 좋아하는 음식은 무엇인가요?"

"최근에 스스로를 안아본 적이 있나요?"

"당신 차에, 핸드폰에, 책상 위에, 지갑 속에... 당신의 사진이 몇 장이나 있나요?"

하루하루 나를 지우며 사는 것이 인생이라고 생각했다.

달리는 사람이 되기 전까지는 위의 그 어떤 질문에도 대답할 수 없었다. 지금까지 나는 누군가의 아빠, 남편, 팀장, 아들로 살아왔다. 주어진 역할과 의무만 묵묵히 해내면 그것으로 충분하다고 여겼다. 내가 사랑받아야 하는 존재라는 사실은 철없는 사치처럼 느껴졌다.

누군가 사랑한다고 말해주지 않아도, 내가 나를 사랑해야 한다는 것을 그때 알지 못했다.

2020년 9월, 달리기를 시작했다.

1km를 쉬지 않고 달렸을 때 세상을 다 가진 것처럼 기뻤다.

처음 달리기를 시작했을 땐 며칠이 지나도 겨우 500m를 달렸다.

표지판을 목표로 달려보기로 했다. 차츰 거리를 늘려갔다.

며칠 뒤. 마침내 쉬지 않고 표지판까지 달릴 수 있었다.

지금도 그날을 생생히 기억한다. 러닝화가 아닌 딱딱한 운동화, 후줄근한 운동복 바지, 살찐 몸으로 쿵쿵거리며 달리던 중년의 남자.

그가 바로 나였다.

목표했던 곳에 도착하자, 나도 모르게 눈물이 났다.

나는 큰소리로 세상에 소리쳤다.

"그것 봐. 나도 할 수 있다고! 내가 해냈다고!"

그렇게 시작한 달리기가 벌써 4년이 되었다.

그 사이 나는 100km 울트라마라톤을 달릴 수 있는 사람이 되었다.

그야말로 새로운 세상이다. 돌아보면 처음 1km를 완주한

그 순간이 나를 100km까지 달리게 만든 출발점이었다.

누군가 지금 나에게 같은 질문을 한다면, 이렇게 대답할 것이다.

"자신에게 사랑한다고 말한 건 언제인가요?"

'바로 지금'이라고,

"자신이 제일 좋아하는 음식은 무엇인가요?"

'순댓국'이라고.

"최근에 자신을 안아본 적이 있나요?"

'매 순간' 나를 안아주고 있다고.

"당신의 핸드폰에, 지갑 속에...

당신의 사진은 몇 장이나 있나요?"

'건강하게 땀 흘리며 웃는 내가'

셀 수 없을 만큼 가득하다고.

_____귀 동상으로 만난 인연

가만히 서있어도 몸이 떨린다.

　올겨울 가장 추운 날이다. 뛰기도 전에 발이 꽁꽁 얼어붙었다.
　러닝화를 신은 발가락 끝이 시리다. 찬바람을 막으려고 러닝화
　바람구멍을 테이프로 덮어도 소용이 없다.

　아침 7시 20분.
　26명의 런클럽 러너들이 호수공원에 하나둘 모였다.
　서울마라톤 대비 마지막 장거리 훈련.
　평소 이들의 열정은 알고 있었지만, 영하 15도의 강추위 속에서
　어둠을 뚫고 나타나는 모습은 경이로웠다.
　호수공원은 러너들의 열기로 가득 찼다.
　오늘 정규 훈련은 언덕이 있는 원천호수를 10바퀴 도는 30km
　지속 주였다. 호수 한 바퀴는 3km, 열 바퀴를 돌면 정확히
　30km가 된다. 목표 페이스는 킬로미터당 5분 10초로 잡고
　뛰기 시작했다.

　처음 네 바퀴까지는 서브 3그룹과 함께 뛰다가
　힘들어서 중간에 빠져나와 혼자 달리기 시작했다.
　10km를 넘어서자 발은 시리지 않았다. 하지만 얼굴은 땀이

나면 그대로 얼어붙었다. 귀밑머리에는 고드름이 맺히고
마스크는 얼음장처럼 굳어 있었다.

오늘 준비한 복장은 강추위 대비로는 턱없이 부족했다.
　특히 모자가 문제였다.
　얼굴을 보호하려면 수영모처럼 머리와 귀를 완전히 덮는
모자를 써야 했다. 멋지게 사진이 안 나올 것 같아서 수영모를
한 번 썼다가 벗었다.

　오늘은 처음으로 나이키 러닝화를 신고 달리는 날이다.
　항상 써코니만 신고 달리다가, 사람들이 극찬하는 나이키를
신었다. 첫 나이키 러닝화로 베이퍼 플라이를 준비했다.
　어떤 느낌일까?
　초록 형광색 나이키 러닝화에 수영모라니, 영 어울리지 않는다.
　방 안을 둘러보니 여름용 흰색 캡 모자가 보였다.
　캡 모자는 보온효과가 없었다.
　수영모에 캡 모자는 어울리지 않았다.
　안면 마스크가 생각났다. 완전히 얼굴을 덮는 형태는 아니지만,
목에 두르고 코와 귀까지 올려 고정하면 괜찮을 것 같았다.
　하얀 캡 모자에 안면 마스크를 쓰니 꽤 잘 어울린다.
　오늘은 이 복장으로 달리기로 했다.

귀까지 마스크를 올렸다. 한참을 달리니 입김과 땀이 스며든
마스크가 돌처럼 얼어붙었다.

더워서 모자를 벗다가 무심코 안면 마스크까지 내려버렸다.
목표했던 페이스로 30km를 밀어붙였다. 그 순간, 추위는 전혀
느껴지지 않았다. 안면 마스크는 꽁꽁 얼어붙어 구겨진 채
목도리처럼 목에 걸렸다. 약한 귀가 한파에 그대로 드러났지만,
달리느라 통증조차 느끼지 못했다.

러너스 하이는 고통과 함께 온다.

온몸이 추위에 쓰러질 것만 같았다. 다리가 점점 풀리고 호흡은
가빠졌다. 햇살이 눈부셨다. 숨이 가득 차올랐고 두 발은
냉탕과 온탕을 왔다갔다하는 것처럼 감각이 무뎌졌다.
현실과 비현실의 경계에서 꿈꾸듯 달린다. 찬물에 들어가기 전,
뜨거운 물을 몸에 끼얹으면 온기가 냉기를 막아주듯,
한파 속 러너스 하이에 몸과 마음이 뜨겁게 달아올랐다.

물을 두 번 마시고 27km를 달렸다.

남은 거리는 단 3km. 마지막 한 바퀴를 준비한다.
먼저 피니시 라인에 도착한 러너들이 출발 지점에 서 있다.
몇 시간째 같은 자리에 서서 급수를 챙기고, 목이 터져라
응원 해주신 연진 코치님, 그리고 사진과 영상을 찍느라
손이 꽁꽁언 써니 매니저님이 보인다.
계속 달리다보니 추위도 느껴지지 않았다. 하지만 3시간 가까이

한파 속에서 두 분은 얼마나 추우셨을까?

고개가 저절로 숙여졌다.

따뜻한 응원에 힘입어 끝까지 완주했다.

목표 페이스를 정확히 맞춘 이날의 달리기는 만족스러웠다.

몸에 이상이 있다는 걸 전혀 알지 못했다.

젖은 옷을 갈아입고 카페에서 뒤풀이를 했다.

귓가가 촉촉했다.

뭐지? 따뜻한 곳에 들어오니 왼쪽 귀가 빨갛게 부풀어 있었다.

부푼 귀 아래로 진물이 줄줄 흘렀다. 급히 티슈를 꺼내 귀를
감쌌지만, 불안한 마음이 가시지 않았다.

걱정이 커졌다.

"어? 저도 그런데요."

같이 장거리를 달린 용진 님도 나와 비슷한 증세였다.

비니를 깜빡 집에 두고 와서 그냥 달렸는데, 결국 귀에 동상이
걸렸다고 했다.

서로 부풀어 오른 귀를 보며 처음엔 어이가 없어 웃었다.

시간이 지날수록 걱정이 되었다.

군대에서 발 동상은 걸려본 적은 있었지만, 귀 동상은 이번이
처음이었다.

곧장 병원에 가보기로 했다. 피부과에 갔다.

의사 선생님은 귀 상태를 보더니 놀란 표정으로 물었다.

"뭐 하다가 이렇게 되셨어요? 이 정도면 많이 아팠을 텐데요."
나는 말을 흐리며 대답했다. "마라톤 훈련을 하다가요.
제일 추운 날 30km를 달렸는데, 제대로 귀를 감싸지 않고
뛰었거든요." 의사 선생님은 기가 찬다는 듯 고개를 저으며
말했다.

"아무리 운동이 좋아도 그렇지. 이렇게 될 때까지... 아이고."
할 말이 없다. 영하 15도에서 몇 시간을 뛰면서 여름용 캡 모자
를 썼으니.... 통원 4일 차. 다시 피부과에 갔다.
상처를 소독하고, 재생레이저를 쏘고, 메디폼을 붙인다.
매일 귀를 새롭게 만드는 느낌이다.

귀 동상은 발만 아끼던 나에게, 귀의 소중함을 깨닫게 해주었다.
겨울에는 더 조심하고 만반의 준비를 갖춰야 한다는 것을
몸으로 배웠다. 하지만 다행인 것은 SNS를 통해 나와 비슷한
처지의 귀 동상 러너 동생을 알게 된 일이었다.
갱런 러닝 크루에서 알게 된 과희 님께 메시지를 받았다.
그와 친한 러너가 달리다가 나처럼 귀 동상에 걸렸다고 했다.
마침 나는 거의 치료가 끝나서 그에게 직접 연락했다.
귀 동상으로 시작된 뜻밖의 인연은 특별했다. 그에게 집 근처
피부과에서 1주일 정도 치료를 받으면 낫는다고 했다.
내가 갔던 병원과 치료 후기를 전했다.

얼마 후, 그에게서 치료를
잘 마치고 회복되었다는 소식을 들었다.

이후에도 SNS로 소통을 이어갔다.
어느 날 동네 호수공원을 달리다가 어디선가 본 듯한 익숙한
얼굴이 눈에 띄었다. SNS에서 보았던 귀 동상 동생, 민수였다.
평소 누군가에게 먼저 말을 거는 편이 아니었지만, 지나가는
그가 반가워서 나도 모르게 뒤통수에 대고 크게 소리쳤다.

"민수야!"
그가 깜짝 놀라 멀리서 나를 바라보았다.
나는 그가 더 잘 기억할 수 있도록 손으로 귀를 잡으며 외쳤다.

"민수야! 나야 나! 귀 동상!"
그가 환하게 웃으며 소리쳤다.
"형님! 저 민수예요! 반가워요!"
귀 동상으로 시작된 인연은 그 겨울,
내 삶의 가장 따뜻한 기억으로 남았다.

주말 아침, 조깅하다가 맞은편에서 달려오는 러너들과 마주쳤다.
한 사람이 눈에 띄었다. 달리기를 시작한 지 얼마 되지 않은 듯
했다. 몇 년 전 처음 용기 내어 달리기를 시작했던 나처럼.
추리닝에 운동화를 신고 무거운 몸으로 얼굴을 찌푸리며
달리는 그의 모습.
팔치기와 다리의 각도도 올바른 자세와는 거리가 멀었다.
자세는 엉성하고 속도는 느렸지만, 땀 흘리며 최선을 다해
끝까지 달리는 그의 모습은 빛났다.

"우리 모두는 별이고 반짝일 권리가 있다."
청남대 울트라마라톤에서 만난 응원요정, 체력장군 가람님.
주로에서 스치는 러너들의 배번에 적힌 이름을 하나하나
불러주며 힘차게 파이팅을 외치는 그녀.
나이, 성별, 어색함을 넘어 달린다는 이유 하나만으로
누구에게나 뜨거운 응원을 보내는 그녀.
나도 새벽에 만난 러너들을 작은 목소리로 응원해 본다.
조금 더 큰 소리로 당신을 응원한다.
달리는 당신은 아름답다.

CHAPTER 5

러너의 마음

새벽을 달리는 고슴도치

우연히 블로그에서 자신이 가시 돋친 고슴도치라고 쓴 글을 만났
다.

> "사람이 그리우면서도 두렵다. 다음 생에는 많은 사람에게
> 사랑을 듬뿍 받을 수 있는 연예인으로 태어나고 싶다.
> 상처가 많고 방어적이고 경계심이 많은 내가 마치 가시 돋친
> 고슴도치 같다. 나 같은 고슴도치가 밝고 쾌활한 강아지를
> 만날 수는 없으니, 결국 상처 많은 또 다른 고슴도치를 만나
> 서로의 가시와 상처를 보듬고 싶다."

자신의 가장 예쁜 모습만 보여주는 SNS에서 그는 어떤 마음
으로 스스로가 가시 돋친 고슴도치라는 글을 올렸을까?
모든 것을 체념한 듯한 그의 글에 한참 동안 나는 우두커니
서 있었다.
글 뒤에서 울고 있을 그에게 손을 내밀고 싶었다.

고슴도치 글에는 하트 공감만 눌러져 있었다.
외로운 글에 댓글조차 없으니 더욱 쓸쓸했다. 작은 위로라도
전하고 싶어 첫 댓글을 남기기로 했다.
어떤 말이 힘이 될 수 있을까? 우울할 때 나가서 달리면 좋지만,

달리는 습관이 없다면 시작하기 어렵다. 어떤 댓글이 좋을까?
그가 자신을 고슴도치로 비유했으니, 고슴도치라는 단어를
검색해보았다.

"고슴도치는 겁이 많다. 가시를 항상 조심해야 한다."
아마도 글쓴이가 자신을 고슴도치에 비유한 것도
그런 이유였을 것이다.
속은 여리고 겉으론 가시가 돋아서 어디에서도 환영받지
못하는 사람.
'고슴도치는 새벽에 무척 활달하다'는 긍정적인 의미도 있었다.
새벽은 춥고 힘들지만 곧 해가 뜬다는 기대감으로 희망을 품고
있는 시간이다.
나도 새벽에 달리면서 나 자신을 사랑하게 되었다.

응원과 위로를 담은 댓글을 남겼다.
"자신이 고슴도치라고 믿는 당신에게. 다음 생에 연예인으로
태어나고 싶다고 쓰셨죠? 제가 오늘 첫 번째 팬이 되어드릴게요.
언젠가 저도 저 자신이 작고 보잘것없다고 느낄 때가 있었어요.
생일날 어떤 선배가 건네준 카드에 이렇게 적혀있었죠.
'승우야. 너도 네가 좀 이상하다는 걸 알지?
너를 보면 세상이 마치 비뚤어진 사각형 같아.
언젠가 네가 나아지길 바란다. 생일 축하해.'

방황하던 저는 그 말에 상처를 받았어요.

고슴도치는 새벽에 활동적이에요. 해 뜨기 전 어두운 시간이 바로 새벽이지요. 고슴도치에게는 어두운 시간을 이겨내는 강인한 힘이 있어요. 자신을 사랑할 고슴도치 님을 진심으로 응원합니다."

댓글 알림 소리에 잠이 깼다.

글을 올린 고슴도치 님의 답글이었다.

"울컥했어요. 큰 위로를 받았어요. 남겨주신 댓글 덕분에 블로그를 시작하길 참 잘했다는 생각이 들었어요. 힘이 나네요. 위로해주셔서 정말 감사드려요."

고민해서 쓴 댓글이 누군가를 진심으로 위로할 수 있어 기뻤다. 다시 잠이 들었다.

밤새 따뜻한 댓글이 올라와 있었다. 고슴도치 글을 쓴 사람만 위로를 받은 것이 아니라 다른 사람들이 오히려 위로를 받았다고 했다. 새벽에 글과 댓글을 여러 번 읽으면서 위로받았다는 분의 댓글도 있었다.

"새벽에 잠이 깨서 우연히 이 긴 글을 몇 번이나 다시 읽었어요. 저까지 위로를 받네요.

사실 저는 어릴 때 제가 꽤 특별한 사람이라 생각했는데, 나이를 먹으면서 제가 평범하다는 사실을 인정하기 어려웠어요.

모두가 마음속에 고슴도치 한 마리를 품고 살고 있다는 사실을
받아들일 때 아픔을 겪는 것 같아요.
스스로 핸들링하며 잘 길들여보려 합니다.
오늘 하루 열심히 살게요. 좋은 하루 보내세요."

나도 답글을 남겼다.
"새벽에 달리려고 일찍 눈을 떴다가 이웃님 댓글에 마음이
따뜻해졌어요. 댓글 다는 분이 아무도 없어서 저라도 조용히
응원하려고 썼던 글이에요.
제 마음을 그대로 읽어주셔서 고마워요. 누군가를 위로한 줄
알았는데, 오히려 제가 위로를 받네요. 우리 모두의 마음속에
고슴도치가 살고 있어요. 실은 오늘 글은 고슴도치 같은 제가
고슴도치 같은 그분께 쓴 글이에요. 가시가 닿으면 서로 따갑고
아프지만, 그 가시를 옆으로 밀어두면 상처 없이 서로를 안을 수
있으니까요. 따뜻한 댓글을 나누는 건 언제나 마음을 기쁘게
해주는 일인 것 같아요.
이웃님의 오늘 하루가 행복하길 바랍니다."

장난스러운 댓글에 상처받은 사람도 글을 남겼다.
"블로그 한 달 만에 처음으로 안 좋은 댓글을 받았어요.
그분은 장난스럽게 댓글을 다신 거였는데 제가 길게 정중히
말씀을 드렸더니 인터넷상의 예의를 지키지 못해 미안하다고

하시며 댓글을 고쳐주셨어요. 제가 그 많은 분 중에 매일 길게 답글도 달아드리곤 했는데 충격이었어요. 신뢰는 쌓는 데는 오랜 시간이 걸리지만 무너지는 것은 한순간이라더니, 가슴이 먹먹했는데 이 글을 읽고 따뜻한 분을 알게 되어 기뻐요. 감사합니다."

마음 한 자락 내어 텅 빈 곳을 덮어주는 글이 댓글이다. 가시에 찔려 아픈 날에도 따뜻한 댓글은 필요하다.

다시 힘차게 새벽을 달릴 고슴도치인 나와 당신을 위해.

_____ 감사 일기를 그만둔 이유

달리기를 시작한 지 7개월쯤 되었을 때, SNS를 시작했다.

40대인 내가 사진 하나로 소통하는 인스타그램에 발을 들여놓은 이유는 단순했다. 운동 기록을 남기고 싶었다. 러너로 성장하는 과정을 사람들과 나누고 싶었지만, 나를 드러내는 건 어색했다.

코로나 시기, 마스크는 얼굴을 감추기 좋은 도구였다. 덕분에 외모와 나이를 숨긴 채, SNS에 멋진 모습만 보여줄 수 있었다. 마스크를 쓰고 찍은 러닝 셀카를 인스타그램에 올렸다.

조금씩 자신감을 얻은 나는 전신 셀카를 찍기 시작했다. 양팔을 날개처럼 활짝 펼치고 높게 점프하는 순간을 담거나, 공원에 서 있는 조각상을 껴안으며 유머러스한 포즈도 찍었다. 양손으로 하트를 만들어 내 계정을 찾아와주는 이들에게 감사의 마음을 전했다. 이른 새벽, 레깅스를 입고 러닝화를 신은 채 호수공원을 달리며 그날의 셀카 놀이 주제를 정했다. 때로는 복면을 쓴 러너처럼 즐겁게 셀카를 찍었다.

SNS에서 나는 완전히 다른 사람이었다.

새벽 러닝 후 셀카 인증은 평소 억눌렀던 감정과 스트레스를 발산하는 소중한 시간이었다. 일상에 갇혀있던 나에게 러닝

인증은 숨 쉴 틈이 되었다. 처음으로 마음의 자유를 느꼈다. 세상을 향해 두 다리를 높이 들어 역동적으로 달리는 모습, 달린 후 몸에서 안개처럼 피어오르는 하얀 숨결, 가로등 불빛 아래 드러난 실루엣, 공원에 있는 다비드상과 똑같은 자세로 찍은 사진. 조용한 새벽, 타이머를 맞추고 다양한 모습으로 셀카를 찍으며 비로소 내 삶의 주인공이 되었다.

SNS를 시작한 지 9개월 만에 얼굴을 공개했다.
사람들이 진짜 나보다 마스크를 쓴 누군가를 더 좋아할 거라고 생각했다. 하지만 그런 생각에서 벗어나니 아무렇지 않았다. 누군가에게 잘 보이려는 노력을 멈추고, 있는 그대로의 나를 인정하며 사랑하기로 했다.
한동안 매일 운동 기록을 SNS에 인증했다. 그러다 문득 이런 생각이 들었다.
'운동 기록만 남기기엔 이 공간이 아까운데, 이곳을 좀 더 의미 있게 사용하는 방법은 없을까?'
 SNS를 통해 새로운 도전을 하고 싶었다. 먼저 하루에 세 가지 씩 감사한 일을 적기 시작했다. 처음엔 공개된 공간에 감사 일기를 적으려니 어색했다. 몇 번 시도해 보니 적응되었다. 운동 기록과 함께 자연스럽게 감사 일기를 적었다.
매일 새벽 달리며 감사한 일 세 가지를 떠올리고, 출근길에 SNS에 올리는 것으로 하루를 시작했다.

공개 선언한 지 몇 개월이 지났다. 예상치 못한 문제가 생겼다.
매일 겹치지 않게 감사한 일을 떠올리기가 쉽지 않았다.
공개된 SNS에 올리는 글이라 솔직하지 못할 때도 있었다.
때로는 억지로 감사한 일을 찾고, 스스로 정한 '하루 세 가지'를
채우기 위해, 감사하지 않은 일도 감사한 일처럼
꾸밀 때도 있었다.
'그래도 감사는 좋은 일이니까'

어느 날 평소 서로 응원하던 SNS 친구와 메시지를 주고받으며 서로
궁금한 점을 물어보기로 했다.
평소 몸을 아끼지 않고 달리기에 몰입하는 그가 걱정되어 조심
스럽게 말을 건넸다. 내가 부상 후 큰 도움을 받은 책의 내용을
소개해 주었다. 그런데 갑자기 그가 질문을 던졌다.
"기분 나쁘실지 모르겠는데 하나 여쭤봐도 될까요?
매일 감사하는 거, 힘들지 않으세요? 저도 생각해 봤는데,
그게 혹시 억지로 하는건 아닐까 싶어서요.
정말로 진심으로 감사하는 건지, 아니면 안 우러나올 때도
억지로 감사하려고 애쓰는 건지 궁금해요.
정말 궁금해서 여쭤보는 거예요."
나는 당황해서 잠시 머뭇거리다 대답했다.
"습관적으로 하다 보니 일상에서도 계속 감사할 일을 찾고
있어요. 힘든 날에도 좋은 점을 찾으려고 애쓰고요."

그가 다시 물었다.

"일이 안 풀리는 날에는 원망하는 생각부터 들잖아요.
그럴 때도 무조건 감사할 일을 찾는게, 자기 감정에 반하는
행동일 수도 있잖아요. 그런 게 오히려 스트레스로 다가오지
않나요? 저도 감사가 좋다는 건 아는데…
그게 마음처럼 쉽지는 않더라고요."
잠시 생각하다가 조심스럽게 말했다.
"맞아요. 저도 항상 쉬운 건 아니에요.
그래도 그렇게 생각하려고 노력하고 있어요."
그는 진지하게 말했다.

물론 감사하다 보면 행복한 일도 생기겠죠.
그런데 왠지 저는 맨날 사람들이 감사 감사하는데
왜 그게 가식처럼 보일까요?
사실 제가 요즘 그런 고민이 있거든요.

나도 열린 마음으로 대답했다. 맞아요. 가식도 필요해요.
처음엔 억지로 시작해도 결국 진심을 담아야 지속할 수 있어요.
감사할 수 없는 상황에서도 감사하려 애쓰는 건 일종의
연습이에요. 이성적으로는 납득이 안 되더라도 마음에 새기는

훈련 같은 거죠.

『종이 위의 기적, 쓰면 이루어진다』라는 책을 읽다가 감사 일기를 쓰기 시작했어요.

처음엔 조용히 혼자 쓰려고 했는데, 한두 번 하다 보니 게을러져서 점점 안 쓰게 되더라고요. 그래서 '어차피 매일 달리기 인증을 하니, 거기에 감사 일기를 함께 써보면 습관이 되지 않을까?' 하고 시작한 게 벌써 몇 달째 이어지고 있어요.

그도 자신의 생각을 솔직하게 털어놓았다.

"승우 님의 매일 감사하는 모습은 정말 존경스러워요. 하지만 사람들이 억지로 감사할 일을 찾고 '감사하다, 행복하다'라고 말하면서도 현실은 시기와 질투, 물질만능주의에 빠져 있는 모습이 오히려 이질적으로 느껴졌거든요. 이렇게 이야기를 나누니 오해가 조금 풀린 것 같아요."

그와의 대화가 끝나자 부끄러웠다.

SNS에서 멋진 모습만 보여주려 애쓰던 나를 내려놓았다.

공개적으로 습관처럼 쓰던 감사 일기도 멈췄다.

더 이상 보여주는 삶이 아니라, 진짜 나로 살아가기로 했다.

오늘도 SNS에서 나를 만난다. 관계의 어려움과 외로움을 마주하며, 달리기에서 얻은 용기와 도전의 이야기를 나눈다. 서로를 위로하고 응원하며, 한 걸음씩 나아갈 힘을 얻는다.

사춘기 딸과 달리기 나무

하늘이 뚫린 듯 비가 쏟아진다.

사춘기 두 딸과 함께 싱가포르에 도착했다. 오늘의 일정은 '가든스 바이 더 베이'. 막상 가보니 평범한 정원 같았다.

온몸이 비에 젖어 찝찝했고, 딸들도 시큰둥했다. 하지만 클라우드 포레스트에 들어서자, 눈앞에 영화 아바타가 펼쳐졌다. 유리 온실 안에는 거대한 폭포가 쏟아지고, 나선형 산책로가 푸른 판도라 행성을 재현했다. 정글 속 화려한 조명 아래 실물 크기의 제이크 설리 조각이 서 있는 장면은 압도적이었다.

딸들도 자기 모습을 아바타로 합성해서 보여주는 체험 부스에서 각자의 아바타 변신 모습을 보며 깔깔거린다.

판도라 행성을 감싸는 유리 온실 위로 빗줄기가 쏟아진다.

화려한 조명 위로 빗물이 쉴 새 없이 흐르며 장관이 펼쳐진다. 숨이 멎을 만큼 아름다웠다. 나는 그 순간을 가슴에 새기느라 비에 젖은 것도 잊었다. 아바타 전시의 절정은 '에이와'와의 소통이었다. 에이와는 판도라 행성의 모든 생명체와 나비족을 인도하는 존재이자, 만물의 어머니다.

'에이와'와 아바타의 영혼을 연결하는 빛나는 실들이 가득 드리운 길을 지나면, 공간은 어느새 스크린으로 바뀐다.

신비로운 음악과 함께 에이와의 따뜻한 음성이 울려 퍼진다.

누군가 손을 맞잡고 걸어 나와 우아한 춤사위를 선보인다.

아바타, 위대한 어머니 에이와, 춤추는 사람들, 딸들의 뒷모습, 거대한 스크린, 웅장한 사운드가 한데 어우러지며 모든 경계가 사라진다. 나는 딸들과 하나가 되어, 그 순간을 가슴에 새긴다.

몇 달이 지났다.

어느 겨울 퇴근길에 막내딸에게서 전화가 왔다.

평소처럼 아이스크림을 사 오라는 부탁일까?

딸의 목소리가 들렸다.

"아빠, 내일 새벽에 운동 가? 나도 깨워줘. 나도 달리기 한번 시작해 볼래. 언니도 같이 간대."

순간 내 귀를 의심했다. 꿈을 꾸는 걸까? 새벽에 정말 일어날 수 있을까? 아이들이 가고 싶다고 하니 기뻤다. 상상만으로도 벅찼다.

"그래. 이른 새벽에 바로 나가야 하니까 오늘은 일찍 자."

다음 날 새벽 5시에 일어났다. 달릴 준비를 하다 딸의 부탁이 떠올랐다. 방에 가서 조심스럽게 흔들며 깨웠다.

"일어나야지. 지금 준비해야 나갈 수 있어. 늦으면 출근 전에 못 뛰어."

하지만 딸은 단잠에 빠져 꼼짝도 하지 않았다. 한참 잠이 많을 나이다. 안쓰러운 마음에 차마 깨울 수 없었다. '그럼 그렇지,

그 나이에 새벽 운동은 무리지. 나도 겨우 일어나는데.'

"아빠, 오늘은 피곤해서 더 잘게. 내일은 꼭 갈게."

아이들이 가지 않으니, 안심이 되면서도 아쉬웠다.

새벽 달리기는 나만의 시간이었다. 초보인 아이들과 함께라면
걷는 시간이 길어져 내 운동량이 부족할까 걱정됐지만, 그들이
원한다면 그 시간마저 기꺼이 함께하기로 마음먹었다.

SNS에서 러너 가족이 키 순서대로 서서 서로를 안고 있는
뒷모습을 찍은 사진을 보았다.

이보다 아름답고 건강한 모습이 있을까?

다음 날 저녁, 딸에게서 전화가 왔다.

"아빠, 내일 새벽에도 운동 가?"

"응, 갈 거야."

"아빠 나갈 때 우리도 꼭 깨워줘. 이번에는 진짜야. 꼭 갈게."

"알겠어. 새벽 5시 10분에 깨울게."

포기하지 않고 다시 마음을 낸 딸이 대견스러웠다.

이번에는 정말 함께 달릴 수 있을 것 같았다.

다음 날 새벽, 아이들을 깨웠다. 망설임 없이 자리에서 벌떡
일어난다. 시계를 보니 새벽 5시 40분이다. 하필 비가 내린다.

혼자라면 비를 맞으며 달려도 상관없지만, 아이들이 비에 젖어
감기에 걸리진 않을까 걱정이 앞선다.

"비 오는데 어떻게 할래? 내일 갈까, 아니면 그래도 나가서
달릴래?"

"응, 한 번 달려볼게."

아이의 목소리가 씩씩하다.

"그래, 가보자! 길이 미끄러울 수 있으니 조심해서 달려야 해."

"응, 아빠."

아이들과 함께 나서는 발걸음은 가볍고 설렜다.

런데이 코치의 안내에 따라 천천히 걷고 달린다.

요란하던 빗소리가 밖에서는 은은하게 들린다.

셋의 발소리가 비와 어우러지며 주로를 가득 채운다.

후두둑. 탁탁 탁탁. 후두둑. 탁탁 탁탁.

사춘기를 지나는 두 딸이 서로를 의지하며 최선을 다해 뛴다.

뒤에서 바라보니 참 예쁜 모습이다.

잠시 멈춰서 사진과 영상으로 담았다.

몇 주간 아이들과 함께 새벽을 달리며 꿈꾸는 듯한 시간을 보냈다. 간절히 원했던 러너 인증사진도 함께 찍었다.

새벽 달리기는 아이들의 방학이 끝나면서 자연스럽게 멈췄다.

이듬해 겨울, 아이에게 다시 전화가 왔다.

다음 날 새벽, 깨우자마자 아이는 주저 없이 일어났다.

준비를 마치고 5시 40분에 집을 나선다. 추운 날씨에 대비해 귀를 보호할 수 있도록 일체형 털모자를 선물했고, 장갑과 허리벨트도 챙겨주었다.

아이는 런데이 앱을 켜고, 밖의 추위를 피해 실내에서 몸을 푼다. 걷다가 뛰고, 다시 걷다 뛰기를 반복하며 함께 나아간다.

주고받는 이야기 속에 웃음이 섞인다.

러닝 시 팔치기, 시선, 발의 위치 등 배운 것들을 아이에게 알려준다. 아빠가 준 모자가 따뜻하다고 행복해하는 아이의 모습에 흐뭇하다. 실컷 달리지 못했지만, 딸과 함께한 시간이 기뻤다. 아이가 매일 나가고 싶다고 해서, 원할 때 최대한 시간을 맞추기로 마음먹었다.

집으로 돌아오는 오르막길을 런지 자세(한쪽 다리를 앞으로 내밀어 무릎을 굽히는 하체 운동)로 오르기 시작했다.

힘들었지만 끝까지 버텨냈다. 상쾌하다고 웃는 아이의 얼굴이 눈에 들어왔다. 힘들어도 밝게 웃는 모습이 흐뭇했다.

집에 거의 다 왔을 때, 아이에게 물었다.

"우리 발 인증사진 찍을까?"

아이가 웃으며 말했다.

"하이파이브는 안 해? 작년에 아빠랑 달릴 때마다 했잖아. 이번에도 할 줄 알았는데."

아이의 말에 웃음이 났다.

하이파이브는 우리만의 의식이었다.

집 앞에 있는 '달리기 나무'를 결승선으로 삼고, 손을 나무에 대며 하이파이브 하던 추억. 1년 전 새벽 달리기를 마치고 딸들과 함께 나무까지 전력으로 질주하던 기억이 떠올랐다.

1년 만에 우리는 인증 나무 앞에 섰다.

서로의 손을 나무 위에 포갠다. 영화 속 '에이와'와 아바타가
소통하듯 달리기 나무의 품에 안겨 마음을 나눈다.

그와 나를 이어준 위대한 어머니의 품을 느낀다.

나의 하루를 시작한다. 딸과 함께, 인증 나무와 함께.

오늘 우리는 운동을 한 걸까? 아니면 수다를 떤 걸까?

아니면 겨울 아침, 특별한 데이트를 한 걸까?

몇 달이 지나 딸에게 편지를 썼다.

작년 추운 겨울날, 무슨 바람이 불었는지 나를 따라 새벽에
운동하겠다는 말에 깜짝 놀랐던 기억이 아직도 생생하다.
처음에는 깨워도 일어나지 못해 그냥 흘려들은 말일 거라
생각했는데, 다음날 새벽 너희가 따라나서는 모습을 보고 정말
기뻤다. 새벽 운동 이야기를 네가 먼저 꺼내고, 언니도 선뜻
따라와서 좋았다. 어두운 새벽 공원이 두려웠던 언니도
네가 함께하니 용기를 낼 수 있었을 거야.
너희 둘과 처음 호수공원을 걸으며 새벽을 맞았던 그 겨울의
첫 달리기가 아직도 잊히지 않는다. 달리던 너희의 뒷모습이
어찌나 빛나 보이던지, 달리기를 시작하고 만난 가장 아름다운
장면이었다.

신기루 같던 그 겨울이 지나고, 너희가 일상으로 돌아갔을
때에도 나는 조급해하지 않았다. 스치듯 마음을 내어 달려본
것처럼, 언제든 다시 시작하면 되니까.
오늘 새벽, 나와 함께 트랙을 돌며 상기된 얼굴로 다섯 바퀴나
뛰던 네 모습이 자랑스러웠다.

나의 운동은 잠시 미뤄도 괜찮다.
많은 시간과 거리를 달리지는 못했지만, 너와 함께 걷고 제자리
뛰기를 하며 돌아오는 길은 따뜻하고 포근했다. 학교 친구들
이야기, 스승의 날에 초등학교 선생님을 찾아뵌 이야기,
그리고 하키로 교장실에서 상장을 받은 이야기도 들었다.
수다를 떨며 걸어오다가 하마터면 달팽이를 밟을 뻔했는데,
가까스로 그를 구해준 일도 오늘 우리의 달리기에서 빼놓을
수 없는 순간이었다. 나뭇잎에 달팽이를 올려놓아 구해주려
했지만 미끄러져 배수구로 떨어졌던 일도. 그래도 사람들에게
밟히지 않아서 다행이다.
이제는 훌쩍 커버려, 허락 없이 너의 사진을 담을 수 없구나.
달리기를 마친 후 우리가 함께한 시간은 신발 사진으로만
남았지만, 잠시라도 너와 함께 달릴 수 있어 좋았다.
한 번이든 두 번이든, 그 마음은 소중하고 귀하다.
너의 첫 마음을 응원한다. 사랑한다.

– 아빠가 –

살다 보면 달리기가 필요한 순간이 있다.

　달리기에 기대고 싶은 날엔 달리기 나무에 손을 얹고 눈을
　감는다. 내 손 위에 포개지던 아이들의 작고 따뜻한 손.
　살면서 용기가 필요한 날, 머리를 질끈 묶고 운동화 끈을
　고쳐 매는 딸의 모습을 그려본다.
　훗날 아빠가 곁에 있든 없든, 아름답게 달리는 사람이 되기를.
　혼자 세상을 달린다고 느낄 때, 어깨를 감싸던 아빠의 온기를
　기억하길 바란다.

아버지처럼, 아버지만큼

아버지 하면 떠오르는 단어는 '어색함'이다.

　아버지는 매사에 원칙이 뚜렷했다. 언제나 약속 시간보다
한 시간 먼저 도착하셨고, 그 약속을 어기는 걸 싫어하셨다.
아버지 곁에 서면, 내 생각을 입 밖에 꺼내기 어려웠다. 아버지께
인정받고 싶었지만 내 행동이 부족해 보일까 늘 조심스러웠다.
무뚝뚝한 아버지, 칭찬 한번 없는 엄한 분. 나는 아버지와는
다른 아빠가 되고 싶었다. 친구처럼 아이와 놀고, 작은 일에도
칭찬을 아끼지 않는 다정한 아버지, 따뜻한 가정을 꿈꾸었다.

이제 나도 그때의 아버지 나이가 되었다.

　살아보니 노력만으로는 해결되지 않는 일들이 많았다.
경제적으로 넉넉하게 산다는 것이 얼마나 큰 축복인지,
그땐 몰랐다. 소신을 지키며 정직하게 사업을 해나가는 것이
얼마나 어려운지도 몰랐다.

　아버지는 긴 침묵의 시간을 어떻게 견뎌내셨을까?
외로움 속에서 어떤 마음으로 결정을 내리셨을까?
나 역시 완전하지 않은데, 아버지는 왜 모든 걸 잘 해내야 한다
고 믿었을까? 책임감으로 버텨내셨을 그때를 생각한다.
아버지의 기일에 특별한 선물을 준비했다.

마라톤 완주 기록증과 메달이다. 나도 한때는 아버지처럼
운동과 거리를 두고 살았다. 운동은 늘 부담스럽고 귀찮은
일이었다.

아버지는 운동경기를 즐겨 보셨지만, 나는 그것조차 싫어했다.
그랬던 내가 이제는 울트라마라톤을 완주할 만큼 달리기에
빠져 있다. 50km와 100km 울트라마라톤을 완주한 소식을
아버지께 전하고 싶었다.

아버지가 지금의 나를 보신다면 얼마나 놀라실까.
함께 달릴 수 있었다면 얼마나 좋았을까?
장거리 훈련을 마친 후, 42km 완주 기록증과 메달을 챙겼다.
어머니를 모시고 차를 몰았다.
아버지가 계신 나무 아래에 도착해 가만히 향을 피웠다.

"아버지! 아들입니다. 제가 마흔여섯에 달리기에 빠졌어요. 마라톤
도 여러 번 완주하고, 올해는 50km와 100km 울트라마라톤까지
해냈어요. 오늘은 제가 아버지께 메달을 걸어드릴게요."

아버지의 사진에 메달을 걸고, 옆에는 완주 기록증을 세웠다.
잠시 눈을 감고 아버지와 함께 나란히 달리는 모습을 떠올렸다.
우리는 함께 달리며, 서로의 숨소리에 귀 기울였을 것이다.
천천히, 아버지의 보폭에 맞춰 웃으며 달렸을 것이다.
완주 메달을 목에 건 아버지는 나와 함께 풀코스와 100km
울트라마라톤을 완주하신 셈이다.

오늘 나는 아들이 아닌 러너로서 아버지를 뵈었다.

지금껏 해드리지 못한 모든 것을 완주 메달로 대신했다.

달리기가 준 선물로 아버지께 인사를 드릴 수 있어 기뻤다.

아버지가 들으셨다면 깜짝 놀랄 이야기가 하나 더 있다.

"아버지! 여기 오기 전에 새벽에 사람들과 함께 30km를 달렸
어요. 대단하죠?"

진정한 마라토너가 되었다고 아버지 나무에 대고 속삭였다.

아버지가 지금의 나를 보신다면, 분명 웃으며 말씀하실 것이다.

"승우야, 고생 많았다. 나처럼 살지 말고, 자유롭고 즐겁게
살아라."

"아버지, 그땐 제가 어렸어요. 살아보니 아버지만큼 사는 것도
정말 어렵네요. 한 번이라도 꼭 안아드렸어야 했는데
그러지 못해 죄송합니다.
사랑합니다. 감사합니다."

어릴 적엔 아버지와는 다른 아빠가 되고 싶었다.

이제는 나도 아버지처럼, 아버지만큼 살고 싶다.

_____ 달리기에 이름 짓기

한때 필사에 깊이 빠진 적이 있다.

좋아하는 책을 골라 글을 옮겨 적는 것이 필사라고 생각했다.

작심삼일로 끝내지 않으려 온라인 카페에 가입했다.

그곳에는 필사를 통해 변화를 꿈꾸는 사람들이 있었다.

그들은 '필사적'으로 필사했다. 노트를 반으로 나누어 한쪽에는 책 내용을 옮기고, 다른 쪽에는 핵심 문장을 골라 적었다.

그리고 그날의 필사를 바탕으로 생각을 정리하고, 마무리로 스스로 질문을 던졌다.

호기심이 생겼다.

새로 시작하는 단체 필사 프로젝트 모집공고를 보고, 홀린 듯 신청했다. 수십 명이 함께 하는 6개월간의 프로젝트였다.

주말과 공휴일은 쉬고 평일에는 리더가 필사 범위를 공지하면 각자 필사한 뒤 인증사진을 게시판에 올렸다. 대부분 제목에 '단체필사 – 돌파력(p.10~15)' 같이 페이지 수만 적었다.

'필사에도 이름을 지어주면 어떨까?'

나는 그날의 필사 내용에 어울리는 제목을 붙이기 시작했다.

예를 들어, 카르타고의 장군 한니발이 알프스를 넘어 로마로 진격하는 이야기는 '알프스는 없다'로 이름 지었다.

4년 전, 우연히 인스타그램을 시작했다.

연예인들이나 하는 줄 알았던 인스타그램은 새로운 도전이었다.

매일 인증사진만 올리다가 글도 같이 쓰기 시작했다.

삶이 힘겨울 때도 누군가를 위로하는 글을 쓰고 싶었다.

내 글을 따뜻한 시선으로 바라보는 사람들을 만났다.

사람들은 피드의 첫 줄을 '#첫줄안녕'으로 가볍게 넘긴다.

'하지만 첫 줄은 가장 소중하고 의미 있는 공간이 아닐까?

글의 시작을 대충 넘긴다면, 어떻게 진솔한 글이 될 수 있을까?'

나는 첫 줄에 생명을 불어넣고 싶었다.

달리고 나면 피드 첫 줄에 특별한 이름을 붙인다.

목표만큼 달리지 못한 날에도 "퍼졌지만 바나나는 먹고 싶어."

라는 제목으로 스스로를 위로한다.

오늘도 달리기에 이름을 짓는다.

'달리기의 반대말은 외로움이다.'

'배번의 품격'

'아프니까 청춘이다. 힘드니까 풀코스다.'

'대회를 기다리지 않는다. 매 순간을 대회로 만든다.'

운동 기록과 함께 그날의 이야기에 이름을 붙인다.

이름을 붙이는 순간, 우리의 달리기는 특별한 이야기가 된다.

_____그 신발 신지 마라

신발 리뷰 카페에 가입했다.

러너에게 신발은 기록을 좌우하는 중요한 장비다. 좋은 신발에
욕심이 생기는 건 자연스러운 일이다.

카페에서 평소 눈여겨봤던 러닝화를 중고로 구입하기도 하고,
새 러닝화 출시 소식에 설레기도 했다. 가끔 정보를 늦게 확인해
기회를 놓쳐 아쉬웠지만, 나는 주로 써코니 브랜드만 신어서
별로 신경이 쓰이지 않았다.

습관처럼 카페에 들러 할인 소식과 중고로 올라온 신상을
확인하곤 했다. '지금 내가 잘하고 있는 걸까? 신발에 중독된 건
아닐까?' 싶을 무렵, 글 하나가 눈에 들어왔다.

<신발 과소비로 탈퇴 예정입니다.>
"여러분, 안녕하세요. 신발 정보를 찾다 보니 지출이 많이 늘었
습니다. 이자 내기도 빠듯해서 신발 구입을 멈추려고 합니다.
스스로를 돌아보니, 카페에서 신발 정보를 차단하는 것이 최선
이라고 결론 내렸습니다. 이곳에서 즐거운 시간을 보낼 수 있어
감사했습니다. 그동안 모아둔 신발로 2~3년은 충분히 달릴
수 있을 것 같습니다. 모두 건강히 달리시길 바랍니다.
고맙습니다."

처음에는 무심히 읽었던 글이었다. 하지만 읽을수록 신발에 집착하는 내 모습이 떠올랐다. 신발 구매가 소소한 즐거움이 었지만, 그 안에는 현실의 고단함이 스며들어 있었다.

알고 보니 나만의 고민이 아니었다.

"신발 구입을 절제하는 마음도 서브 3(마라톤을 3시간 이내로 완주)의 고통과 비례해요. 절제가 필요한 건 신발이 아니라 우리의 욕심 같아요."

"저는 17켤레나 사고 나서야 멈췄어요. 더 이상 살 신발이 없으니까요. 쌓여가는 신발이 오히려 달리기에 대한 압박처럼 느껴졌어요. 카페를 떠나지 마세요. 우리 모두 같은 고민을 하고 있으니까요."

신발 하나 마음 편히 사지 못하는 현실이 안타까웠다.

나를 돌아보며 신발장을 열어보았다. 신상 러닝화를 구매할 때의 설렘이 떠올랐다. 하지만 신지 않은 채 구석에 방치된 신발들도 눈에 띄었다.

새로운 러닝화에 집착하는 것이 정말 필요한 걸까?

중요한 건 카본화가 아니라 꾸준한 훈련으로 내 몸을 카본처럼 강하게 만드는 것이 아닐까? 달리는 것은 신발이 아니라 몸이니까. 어렵게 구매한 신상 러닝화도 경제적 어려움이 닥치면 중고로 팔아야 할지도 모른다.

그 사연을 안다면, 누가 그 신발을 신고 즐겁게 달릴 수 있을까?

그날, 댓글시인 제페토 님의 시를 떠올리며,
카페를 떠난 그를 위로하는 글을 썼다.

<그 신발 신지 마라>

신상 러닝화에 러너가 사라졌다.
그 신발은 신지 마라.

10km도 달리지도 말 것이며
하프도, 풀코스도 달리지 말 것이며
울트라마라톤도 달리지도 말 것이며
PB도 달성하지 마라.

모두 땀이고 눈물인데 어떻게 신나?
그 신발 신지 말고

맘씨 좋은 조각가 불러
신었을 적 모습 찰흙으로 빚고
카본 부어 빗물에 식거든
정성으로 다듬어
대회장 앞에 세워 주게.
가끔 신발 주인 찾아와
내 새끼 얼굴 한번 만져 보자 하게.

※ 러너 생각 : 글 쓰는 러너의 SNS

풍경 사진

운동 계정으로 인스타그램을 시작할 때, 프로필 사진은 풍경 사진이었다. 나를 드러낼 용기가 나지 않아 자연 속에 숨었다. 세상에 내 모습을 보이는 게 망설여졌다.

셀카 인증

처음으로 달리며 셀카를 찍었다. 마라토너의 건강한 몸과 정신 력, 달릴 때의 역동적인 자세, 그리고 힘든 순간을 이겨내는 진지한 표정이 좋았다. 잘 나온 사진을 인스타그램에 올렸다.

기록 인증

처음엔 운동 기록만 올렸다. 2021년 5월 19일 첫 글도 그저 '10km 운동인증' 정도로 간단했다. 시간이 지나 다시 그 글을 보면 아무런 감흥이 없다.
그곳엔 '기록'만 있을 뿐, '마음'은 담기지 않았다.

이벤트 응모

이벤트에 당첨되기 위해 인스타그램에 글을 썼다. 댓글을 달고 친구를 태그하며 여러 번 응모했다.

이벤트 상품은 러닝 아이템이었다. 이러한 이벤트는 새로운 제품을 알리고 필요한 물품을 얻을 수 있어, 브랜드와 러너 모두에게 도움이 된다.

다양한 이벤트에 당첨되려면 정성껏 쓰는 것이 유리하다. 이벤트 응모는 초보 러너에게 절약의 기회가 되면서 꾸준히 달릴 수 있는 동기부여가 된다.

1년이 지나며 계절마다 필요한 러닝 아이템이 하나둘 갖춰졌다. 가장 중요한 건 역시 러닝화다. 신발은 많을수록 좋다지만, 결국 자신에게 맞는 신발만 신게 되니 이벤트로 얻는 신발은 한계가 있다.

챌린지 참여

러닝 관련 챌린지와 이벤트는 다양하다. 팀 단위로 경쟁하거나 친목 도모를 위해 참여하기도 한다. 보통 개인 또는 팀의 누적 거리가 길거나 속도가 빠른 팀이 승리한다. 꾸준히 달리는 습관을 들이는 데는 효과적이지만, 과도한 경쟁은 문제다. 몸 상태가 좋지 않아도 팀을 위해 무리하다가 부상을 입는 경우가 많다. '시작했으면 끝을 봐야 한다'라는 마음으로 자신을 혹사하기 쉬워 부상 위험이 커진다.

챌린지 자제

서로 힘을 합쳐 목표를 이루는 건 분명 의미가 있지만, 분위기에

휩쓸려 무리하다 보면 부상을 입기 쉽다. 챌린지에 의존하다
보면 처음의 목적에서 멀어질 수 있다.

SNS는 타인의 시선이 아닌 나를 표현하는 기록이어야 한다.
중요한 건 남이 아닌, 내가 무엇을 원하고 어떻게 달리고 싶은
지를 잊지 않는 것이다.

진솔한 글

매일 달리며 마음을 담아 SNS에 글을 쓴다면, 우리의 삶은
어떻게 변할까? 몇 년이 지나 다시 봐도 의미 있을 만한 글을
남겨보자.

순간을 기록하기

대회가 끝나자마자 메모장을 열어 떠오르는 생각을 적는다.
순간을 기억하기 위해, 폼롤러를 꺼내기 전에 메모장부터
연다. 단기 기억상실증을 앓는 이가 자신을 잊지 않으려 메모를
남기듯, 나도 뜨겁게 달렸던 내 모습을 잊지 않기 위해 기록한다.
주로에서 느꼈던 흥분과 감동, 고통의 순간에 스쳤던 생각들,
결승선을 넘으며 흘렸던 눈물, 소중한 사람들의 응원, 그리고
한계를 넘어서는 사람들의 이야기를 빠르게 써 내려간다.
기억이 흐려지기 전에 사진과 함께 SNS에 남긴다.
그것은 내가 시간 속에서 사라지지 않으려 남긴
치열한 흔적이다.

CHAPTER 6

우연처럼, 필연처럼

하나.

서부 100마일(160km) 울트라마라톤 대회 출발선에서.

"우선 여러분 모두가 이 믿기 힘든 행사의 출발선에 설 용기를
가진 것을 축하하고 싶습니다. 이 지점에 서기 위해 쏟은 헌신은
그 자체만으로도 엄청난 성취입니다.

여러분 중 많은 이가 결승점에 도달하지 못할 수도 있습니다.
그러나 그 노력과 결단에 박수를 보냅니다.

완주하지 못한다고 해도, 시도하는 용기를 지녔기에

이미 승자입니다. 성공한 이들은 결승선을 넘으며 다른 사람이
되어 있을 것입니다. 이번 경험은 여러분을 영원히 변화시킬 것
입니다. 내일이면 평생 알아 왔던 자신보다 더 많은 것을 알게
될 것입니다."

<울트라마라톤맨, 딘 카르나제스>

이 글은 MBA 출신의 화이트칼라였던 딘 카르나제스가 서부 100
마일(160km) 울트라마라톤 대회에 처음 출전했을 때, 출발선에서
직접 들은 축사이자 위대한 도전의 서막이다.

당신은 지금 출발선에 서 있는가, 아니면 출발선에 서는 것조차
두려워하고 있는가? 출발선에 선 러너 중 완주를 원하지 않는

사람은 없다. 우리는 모두 완주하기 위해, 또한 목표한 기록을
이루기 위해 각자의 삶의 출발선에 서 있다.

모든 순간이 출발선이다.

달리기 전까지 나는 도전하는 삶을 살지 않았다.

안전한 곳에 발을 디디고, 다른 쪽 발이 닿을 수 있는 범위까지
만 조심스럽게 움직였다. 소극적인 태도는 나를 작고 평범하게
만들었지만, 달리기는 내게 도전 그 자체였다. 달리는 횟수가
늘어날수록 소극적인 모습은 점점 사라졌고, 나는 42km의
한계를 넘어, 100km 울트라마라톤을 완주하는 사람이 되었다.
심리적, 물리적 한계는 서로를 제한한다. 두 발로 13시간 동안
쉼 없이 100km를 달린 그날, 나를 묶어왔던 봉인이 풀리며
한계는 깨졌다. 평범한 중년의 나도 해낼 수 있다는 것을
깨달았다.

딘 카르나제스는 자신이 더 이상 가슴 뛰지 않는 삶을 살고
있다는 것을 깨달은 순간, 달리기를 선택했다. 한계를 모르는
울트라 마라토너가 되는 과정을 쓴 그의 책은 읽는 내내
나를 자극했다.

달리기에 미친 사람이라고밖에 할 수 없는 그의 극한의 달리기
경험은 나를 새로운 도전에 눈뜨게 했다. 누군가는 그것을
미친 사람의 비현실적인 이야기라 여겼지만, 나는 그의 도전에

공감하며 책을 덮었다. 신체적 조건이 탁월한 그처럼은 해내지
못할지라도, 한 번도 생각해본 적 없던 일에 도전할 용기를
얻었다.

둘.

울트라 트레일러닝 몽블랑(UTMB) 출발선에서.

　포장된 도로가 아닌 산이나 숲길 등 있는 그대로의 자연을
달리는 트레일러닝은 아직 내게 익숙하지 않다. 어떤 계기로
전 세계 트레일러너들의 꿈의 무대인 울트라 트레일러닝
몽블랑(UTMB) 대회를 알게 되었다. 이곳에 서려면, 공인된
트레일러닝 대회에서 UTMB 인덱스와 국제트레일러닝협회
(ITRA) 포인트를 모아야 하고, 추첨에 당첨되어야 한다.
우연히 UTMB 대회 출발선에서 출발을 기다리는 러너들의
표정을 담은 영상을 보았다. 웃으며 서로를 꼭 끌어안는
사람들, 선글라스를 고쳐 쓰는 사람,
두 손을 높이 들어 박수치는 사람,
벅찬 감동에 눈물을 흘리는 사람, 긴장된 얼굴로 하늘을
바라보는 사람까지.
그들의 표정은 말로 다 표현할 수 없는 감동을 준다.

　무엇이 그들로 하여금 그 험난한 여정을 넘어 이곳까지
오게 했을까?

셋.

대회 결승선을 통과하는 당신에게.

해외 마라톤 대회 사이트에서 42.195km를 완주한 사람들의
표정을 클로즈업한 사진을 보았다.

두 손을 번쩍 들고 환호하는 사람, 손가락을 세운 두 손을
하늘로 치켜들고 눈을 질끈 감은 사람, 감격에 겨워 두 손으로
얼굴을 감싸고 우는 사람, 마음을 졸이며 기다려준 가족과
포옹하며 울음을 터뜨리는 사람, 마치 처음으로 우주의 신비를
마주한 듯 경이로운 표정으로 하늘을 바라보는 사람들까지.

그들은 고통의 순간을 이겨내고 환하게 웃고 있었다.

인간이 지어내는 표정의 경이로움. 그들의 얼굴엔 몇 시간 동안
달린 고통의 흔적은 보이지 않았다. 오히려 힘든 순간을
이겨내며 진정한 자기 자신과 마주한 환희로 가득 찼다.

기록은 중요하지 않았다.

그 표정은 내가 한계에 부딪힐 때, 끝까지 포기하지 않겠다는
다짐이 되었다.

나는 한 번이라도 마라톤 대회에서 뜨거운 당신과 마주치고 싶다.

5km든 10km든, 두근거리는 마음으로 출발선에 서 있는 당신을.

_____뛰어보지 않으면 알 수 없는 것

"돈 받고도 뛰기 싫은데 그걸 왜 돈까지 내면서 뛰나요? 사람이 많아 뛰기도 힘들어 보이던데 이해가 안 가요. 그냥 한강에서 혼자 뛰면 안 되나요?"

어느 온라인 게시판에 올라온 질문을 보고 웃음이 났다. 답변이 주르륵 달렸다. 다들 어떤 생각을 하고 있는지 궁금해졌다.

"대회에 참가한다는 기쁨, 다양한 사람들과 함께할 때 느껴지는 즐거움과 자기만족, 그리고 작은 성취감이 있어요."

"기념품도 받고 사람들과 함께 뛰면서 추억을 만들 수 있으니 까요."

"마라톤을 뛰고 있을 때 살아있음을 느끼고, 완주할 때는 저 자신에 대한 뿌듯함을 느껴요. 대회 기록과 사진을 확인하며 그때의 추억을 되살릴 수 있어서 행복해요."

"대회 운영비예요. 교통 통제와 의료지원, 관리가 모두 돈이죠."

"기록도 중요해요. 혼자 뛰는 것과 공인 기록은 달라요."

"장거리 달리기는 은근히 중독성이 있어요. 안 해보면 몰라요."

"혼자보다 다른 사람들과 같이 달리면 기록이 더 잘 나와요."

"하프 마라톤은 누구나 할 수 있지만 풀코스는 정말 힘들어요. 마라톤 대회 완주라는 타이틀이 있으니까 감수하는 거죠."

"예전엔 저도 그랬어요. 한 번 뛰어보시면 생각이 달라질 거예요."

많은 답변을 읽으며 깨달았다.
모두가 자신만의 이유를 가지고 달리지만, 결국 이 모든 행위는
자기 자신을 찾기 위해서라는 것을.

그의 질문은 두 가지였다.
첫 번째는 '왜 달리는가?', 두 번째는 '왜 굳이 돈을 내고 대회
까지 나가서 달리는가?'

첫 번째 대답, '달리는 이유'
나는 왜 달리는가? 괴롭고 힘들었던 순간, 새벽 달리기가 나를
살렸다. 처음 40km를 달리고 화장실에 들어가 문을 닫고
눈물 흘리던 그날의 감동을 어떻게 전할까?
처음 장거리에 도전할 때 느꼈던 가슴 터질 듯한 긴장감,
완주 후의 짜릿한 성취감,
40대 중반에도 인생이 바뀔 수 있다는 벅찬 기쁨.
낯선 사람과 어울리기를 꺼리던 내가 누군가와 함께 달리며
세상과 연결되었다. 걸어서도 가지 않으려 했던 언덕길을 있는
힘을 다해 질주한다. 달리기가 내게 준 행복과 치유의 시간.
그것을 어떻게 온전히 전할 수 있을까.

두 번째 대답, '대회에 나가는 이유'

왜 대회에 나갈까? 대회 날, 3시간 넘게 화장실에 가지 않기 위해
며칠 전부터 음식을 조심하며 긴장감에 안절부절못하던
그 시간이 얼마나 길게 느껴졌는지 모른다.
목표한 대로 42km를 달리기 위해 몇 달 전부터 많은 사람과
땀 흘리며 준비한 시간들.
처음 완주 메달을 받고 기뻐하며, 메달을 목에 걸고 잠들던
하얀 밤들. 수많은 이유를 가진 사람들과 한 곳을 향해 달리는
그 마음을 무엇으로 표현할 수 있을까.

풀코스를 달린 후, 바닥에 누워 하늘을 바라보던 나.
자신의 한계에 도전하고, 새로운 목표를 준비하는 우리.
수백 시간, 수백 km를 달리며 흘린 땀, 그 노력이 마침내 결실을
맺는 순간의 기쁨. 자신의 이름이 새겨진 배번을 옷 위에 달고
땀 흘리며 달리는 그 기분.
숨이 차고 한계에 부딪칠 때, 목이 터져라 응원하는 관중들의
환호성에 다시 용기를 얻는다.
대회를 마친 후, 어기적거리며 지하철 계단을 내려가는
마라토너들을 따뜻한 시선으로 바라본다.
그들의 뒷모습에서 나도 해낼 수 있다는 자신감과 사람들에게
용기를 줄 수 있다는 것을 배운다.

밋밋한 일상에 완주 메달을 건다.

꿈을 향해 용기를 내어 도전한다. 기쁨과 우정, 응원을 담아 5km만이라도 당신과 함께 달리며 그 뜨거운 열기와 감동을 나누고 싶다.

나는 내가 선택한 고통을 사랑할 것이다.
함께 달리며 피니시 라인에서 모든 질문의 답을 찾을 것이다.

메달 빌려드립니다

"달리기 좀 가르쳐 주실래요?" SNS로 알게 된 그가 말을 걸었다.
　뜻밖의 제안이었다.
　40대 중반에 달리기를 시작한 지 겨우 1년 된, 초보 러너인
나에게 말이다.
　"저희 몇 명이 막 달리기를 시작했어요. 모두 초보예요. 목표는
풀코스 완주입니다. 오랫동안 승우 님 SNS를 보며 느꼈는데,
달리기에 대한 애정과 열정이 대단하시더라고요. 저희에게
부상 없이 달리는 법을 알려주시고, 꾸준히 달릴 수 있도록
응원해 주시면 큰 힘이 될 것 같아요. 적지만 사례도 드릴게요.
승우 님도 재능기부가 되고, 저희도 경험 있는 분과 함께하면
의지가 될 거 같아요."

　재능이라니.
　사실 나는 누군가에게 달리기를 가르칠 수준이 아니었다.
　자세도 엉성했고, 그저 혼자 꾸준히 달려 풀코스를 완주했을
뿐이다. 조심스럽게 대답했다.
　"좋게 봐주셔서 감사합니다. 그런데 저는 누군가를 가르칠
정도는 아니에요. 사실 저도 런데이 앱으로 혼자 시작한
초보예요. 같이 달릴 수는 있지만, 시작한 지 얼마 안 되셨다면

속도가 달라 함께 뛰긴 쉽지 않을 것 같아요. 일단 런데이 앱의
30분 달리기 프로그램부터 연습해보시길 추천드려요."

마음이 불편했다.

단체 채팅방에서 운동 셀카 찍는 법을 알려주고 함께 달리자는
제안을 너무 진지하게 받아들였나 싶었다. 하지만 수강료까지
받으며 가르칠 만큼의 지식은 없었고, 이미 다양한 크루에서
활동 중이라 그들을 응원하며 달릴 여유도 없었다.
감당하기 어려운 일이라 미안했지만, 정중히 거절했다.

며칠 후, SNS 이벤트로 러닝화에 당첨되었다.
아쉽게도 내가 신는 모델과 같은 신발, 같은 색상이었다.
중고로 팔까 고민하다가, 러닝 멘토를 제안했던 그가 떠올랐다.
"안녕하세요. 궁금한 게 있어서요. 요즘 뭐 신고 달리세요?"
"저는 그냥 평소 신던 운동화로 달려요."
"아, 그러시구나. 혹시 운동화 사이즈가 어떻게 되세요?"
"265mm요."
"저랑 딱 같네요! 마침 이벤트로 받은 신발이 있는데,
이미 같은 게 있어서 선물로 드리고 싶어요."
"와, 정말요? 제가 받아도 될까요?"
"그럼요. 저한테 두 개나 있을 필요는 없잖아요. 러닝화 신어
보시면 달리기가 훨씬 더 재미있어질 거예요."

"정말 감사합니다. 제가 맛있는 밥 사겠습니다. 언제 만날까요?"

며칠 뒤, 그와 약속을 잡았다.

신발 상자를 포장하다가 특별한 이야기가 떠올랐다.

1950년대와 1960년대, 최고의 장거리 선수로 불리던 에밀 자토펙과 론 클라크의 이야기였다.

자토펙은 올림픽에서 여러 금메달을 목에 걸고, 세계 기록을 세운 전설적인 선수였다. 반면 클라크는 여러 차례 세계 기록을 경신했지만, 올림픽에서는 번번이 불운에 시달렸다.

1966년, 자토펙은 클라크를 프라하로 초대했다.

공항에서 자토펙은 작은 소포를 건네며 조용히 말했다.

"이건 우정을 위해서가 아니라, 당신이 받을 자격이 있기 때문입니다."

비행기 안에서 클라크가 소포를 열어보니, 그 안에는 자토펙의 10,000m 올림픽 금메달이 들어 있었다.

이 이야기를 떠올리며 나도 소중한 메달 하나를 꺼냈다.

첫 오프라인 풀코스 완주 메달이었다. 이 메달은 내게 특별했다.

책을 덮으며 마음속으로 결심했던 순간이 떠올랐다.

언젠가 나도 누군가에게 의미 있는 선물을 하고 싶다고.

지금이 바로 그 순간이었다.

손편지를 써서 메달과 함께 정성껏 포장했다.

"달리는 삶에 오신 것을 진심으로 축하드립니다. 새 러닝화와
함께 첫 풀코스 완주 메달을 선물합니다. 저에게는 아주 소중한
메달입니다. 첫 풀코스에 도전하시는 선생님께 응원의 마음을
담아 드립니다. 부탁이 하나 있어요. 풀코스를 완주하시면
이 메달을 돌려주세요.
그때는 선생님의 메달로 충분할 테니까요. 건강하게 오래오래
달리시길 바랍니다. 응원합니다!"

그날, 나는 러닝화와 메달, 그리고 손편지를 건넸다.
예상치 못한 선물에 그는 한동안 말을 잇지 못했다.
"선생님께 소중한 메달일 텐데, 제가 받아도 될까요?"
"괜찮아요. 빌려드리는 거예요. 풀코스 완주하고 꼭 돌려주세요."
"그래도 제가 계속 가지고 있어도 되는지 모르겠어요."
"정말 괜찮아요. 저는 앞으로도 계속 대회에 나갈 거니까요.
힘들 때마다 이 메달을 떠올리며 힘내세요. 풀코스 완주는
쉽진 않지만, 꾸준히 달리시면 분명 해내실 거예요. 파이팅!"
"네, 정말 감사합니다. 꼭 해내겠습니다!"

몇 년이 흘렀지만, 아직 그의 완주 소식은 아직 들려오지 않는다.
그럼에도 나는 여전히 그를 응원하며 기다린다. 언젠가 그가
첫 완주 메달을 목에 걸고 환한 미소로 달려올 그날을 꿈꾸며.

_____ 이 많은 친구는 어디에서 왔을까?

문득, 책 한 권이 눈에 들어왔다.

『마흔 살, 그 많던 친구들은 어디로 사라졌을까』.

제목에 끌려 자연스럽게 손이 갔다.

마흔 이후 외로워진 남자들이 현실을 극복하는 이야기.

'그래도 작가는 마흔 전까지는 친구들과 즐거운 시간을
보냈구나.'

내 모습이 떠올랐다.

나는 사람들과 어울리는 걸 그다지 좋아하지 않았다.

직장에서는 성실하고 맡은 일을 해내는 사람이었지만,

인간관계는 늘 어려웠다.

술자리에서 금세 친해지는 동료들 사이에서,

한 잔 술에도 얼굴이 붉어지는 나는 거리감을 느꼈다.

가장이라는 무게는 서서히 나를 짓눌렀다.

그럴 때마다 『미움받을 용기』를 펼쳐 들고 스스로를 다독였다.

'우리가 걷는 것은 누군가와 경쟁하기 위해서가 아니라,

지금의 나보다 조금 더 나아가려는 것'이라는 말에

작은 위로를 얻었다.

항상 아낌없이 베풀던 선배가 있었다.

후배들에게 밥과 술을 사주며 따뜻하게 챙기던 형.

하지만 머리숱이 적어 나이보다 들어 보였다.

어느 날, 술에 취한 형이 불쑥 내게 물었다.

"승우야. 내가 왜 맨날 사람들한테 밥 사고 술 사는지 알아?"

나는 형이 사람을 좋아해서 그러는 줄 알았다.

"형님은 사람들과 함께할 때 정말 행복해 보이세요.

후배들도 형님을 진심으로 따르잖아요."

형은 피식 웃더니, 갑자기 울먹이는 목소리로 말했다.

"내가 외모가 이 모양이잖아. 머리숱도 이렇고 못생겼는데, 누가
날 좋아하겠니? 난 어릴 때부터 친구가 없었어. 그래서 밥이라
도 사고 술이라도 사줘야 사람들이 나를 좋아해 줄 것 같았어."

순간, 나는 아무 말도 할 수 없었다.

항상 밝게 웃고 사람들과 잘 어울리던 형의 모습 뒤에

그런 아픔이 있을 줄은 몰랐다.

사람들과 거리를 두며 살아온 나로선, 돈을 써서라도 친구를

사귀려는 그의 노력을 이해할 수 없었다.

형의 고백이 한동안 마음에 걸렸다.

나에게 인간관계는 늘 풀리지 않는 숙제였다.

사람들과 자연스럽게 어울리지 못했고, 남자 형제가 없어서

거친 농담이나 행동이 불편했다.

사람들과 가까워지고 싶었지만, 다가갈 용기가 나지 않았다.

시간이 해결해줄 거라 믿었지만, 외로움은 오히려 깊어졌다.

마흔여섯에 달리기를 만났다.

처음엔 SNS에 단순히 운동 기록만 남겼다. 이름도, 성별도, 나이도 감췄다. 사람들이 낯가림을 알아챌까 두려웠다.

하지만 달리면서 조금씩 달라졌다. 감사 일기를 쓰면서 조금씩 글에 나를 담았다. 마스크를 벗고 이름과 나이를 밝혔다.

달리면서 느낀 생각들을 글로 나눌 용기가 생겼다.

따뜻한 응원이 더해지자 두려움은 사라졌다.

새로운 세상이 열렸다.

진심으로 달리는 사람들과 러닝 클래스에서 만나 함께 뛰었다.

주말이면 장거리 러닝 약속을 잡고 발을 맞췄다. 땀으로 맺어진 친구들, 동생들, 코치님과의 소중한 인연이 생겼다. SNS에서는 4년 넘게 서로를 응원하며 함께 성장해온 사람들이 늘어났다.

도대체 이 많은 친구는 어디에서 온 걸까?

살다가 문득, '그 많던 친구들은 다 어디로 갔을까?' 하는 생각이 들 땐, 일단 나가서 달려보자. 운동과 담을 쌓고 살던 나도 지금은 좋은 사람들과 함께 달리고 있으니까.

피는 물보다 진하지만, 땀은 그보다 더 진하다.

_____ 8자를 그리다

2019년 10월, 광교호수공원 근처로 이사했다.

그때는 달리기가 내 인생의 궤도를 바로잡고, 삶을 바꾸는 주문이 될 줄 몰랐다.

대학 복학생 시절, 동기와 수업을 마치고 나오다 우연히 후배들과 마주쳐 이야기를 나누었다. 그때 한 후배가 불쑥 말을 꺼냈다.

"선배, 얘 손금 진짜 잘 봐요. 신기하게 잘 맞춰요."

옆에 있던 친구의 짓궂은 소개에 후배는 얼굴을 붉혔다.

"난 그런 거 안 믿어. 그냥 확률로 대충 맞추는 거 아니야?"

시큰둥한 내 말에 후배는 눈을 반짝이며 도전적으로 말했다.

"그럼 내기할래요? 제가 맞히면 선배가 밥 사는 거예요."

나는 어깨를 으쓱하며 장난스럽게 말했다.

"좋아, 네가 맞추면 맛있는 거 사줄게."

다음 날, 후배를 다시 만났다.

그는 묘한 미소를 지으며 나를 바라보았다.

"선배, 숫자 하나만 생각해 보세요. 말하지 말고, 속으로만요."

나는 망설이다가 머릿속에 '42'를 떠올렸다. 그는 말을 이었다.

"그 숫자를 종이에 써서 지갑에 넣어두세요. 그리고 제 눈을 보며 그 숫자만 떠올리세요."

시간이 멈춘 듯 느리게 흘렀다. 그는 나를 바라보며 말없이
집중하더니, 천천히 나를 바라보며 입을 열었다.

"42 맞죠?"

그가 정확히 맞췄다. 소름이 끼쳤다. 나는 주머니에서 종이를
꺼내 보여주었다. 거기엔 분명히 '42'라고 적혀있었다.

"어떻게 알았어?"

식당에서 밥을 사주며 묻자, 그는 웃으며 대답했다.

"집안 내력인지, 저는 남들 마음을 좀 잘 읽는 편이에요."

밥을 먹던 중, 그는 문득 내 손금을 봐주겠다고 했다.

손을 내밀자, 잠시 눈을 감고 집중하더니 한참 들여다보았다.

잠시 후, 조용히 말했다.

"선배는 앞으로 손금 같은 건 볼 필요 없어요."

나는 의아한 눈빛으로 물었다.

"왜?"

그가 웃으며 말했다.

"선배는 무슨 일을 해도 잘될 거예요. 항상 성실하게 끝까지
해내는 사람이니까, 앞으로도 그냥 지금처럼 살면 돼요."

그 말이 마음 깊이 와 닿았다.

나는 '점 볼 필요 없이, 그저 노력하면 되는 사람이구나.'

삶의 고비에서 나를 붙잡아 준 것은 달리기였다.

광교호수공원의 8자 코스를 돌며 나는 다시 나를 찾았다.

그녀가 나에게 부적을 써주었다면, 이렇게 적지 않았을까?

'달리기와 8자.'

세네카는 말했다.

운명은 외부에서 오는 것 같지만,

사실은 자기 마음에 있다.

그것은 용기 있는 사람 앞에선 약하고,

비겁한 사람 앞에서는 강하다.

오늘도 나는 8자 코스를 달린다.

두 발로 팔자를 그리며, 이 한 걸음 한 걸음이 과거와 현재,

그리고 미래로 나아가는 길이 되기를 바란다.

_____ ※ 러너 생각 : 행복한 시시포스 되기

힘겹게 달리는 날에는 '시시포스의 형벌'이 생각난다.
　　산 정상으로 큰 돌을 쉼 없이 올리고 또 올려야 하는 운명에
　　놓인 시시포스처럼, 반복되는 고통과 맞서 달리는 우리의
　　모습도 그런 것이 아닌가 하는 부정적인 생각이 들 때가 있다.

　　그러다 새로운 시각을 보았다.
　　알베르 카뮈(Albert Camus)는 책『시시포스의 신화』마지막
장에서 이렇게 썼다.
　　"산정(山頂)을 향한 투쟁 그 자체가 인간의 마음을
　　가득 채우기에 충분하다. 행복한 시시포스를 마음속에
　　그려보지 않으면 안 된다"

　　카뮈는 시시포스에게서 오히려 행복을 발견한다.
　　시시포스가 언덕을 내려오는 모습을 상상한다.
　　"그는 자신이 짊어진 운명보다도, 무거운 돌덩이보다도 강하다."
　　언덕길을 내려오는 시시포스의 얼굴은 언제나 기쁨으로 빛나고
진정 자유로웠으리라.

여름의 달리기.

뜨거운 폭염 속에서 반복적으로 다리를 움직여 트랙을 돌고,
계단을 뛰어오르는 러너들의 모습에서 산 정상으로 큰 돌을
쉼 없이 올리고 또 올리는 시시포스가 겹쳐 보인다.
결연한 표정으로 반복해서 계단을 오르는 러너들의 모습에서
정상으로 큰 돌을 쉼 없이 올리는 수많은 시시포스를 발견한다.
가쁜 숨을 내쉬며 계단을 내려오는 러너들은
언덕길을 내려오는 '행복한' 시시포스이다.

산정(山頂)을 향한 달리기 그 자체가 러너의 마음을
가득 채워준다.
달리면서 행복한 시시포스를 마음에 품어야 한다.
우리가 달려내야 할 거리보다도, 심장이 터질 듯한
빠른 페이스보다 그 행복이 강하다고 믿어야 한다.
힘들면 잠시 걷더라도, 끝까지 포기하지 않고 다시 달려야 한다.

모든 달리기에 실패는 없다.

남보다 빨리 가기보다 자유롭게 나아가는 용기가 중요하다.
지금도 어딘가에서 쉼 없이 돌을 굴리고 있을 행복한 시시포스,
달리는 당신에게 응원을 보낸다.

_____ 닫는 글 : 한 걸음의 자유

달리기를 시작한 지 4년이 지났다.

갱런, 피트니스플레이, 바나나스포츠클럽 같은 여러 모임을
통해 사람들과 가까워졌고, 마라톤 대회에 나갈 기회도 많아
졌다. 대회는 철저하게 준비된다. 잘 짜여진 코스를 따라 달리고,
일정 거리마다 물과 간식이 제공된다.

대부분 길을 잃을 염려는 없다.

'우리는 왜 대회에 그렇게 온 마음을 쏟을까?'

큰 대회를 준비하기 위해 작은 대회에 나가고, 기록 단축을
위해 끊임없이 훈련한다. 그러나 기록과 성취만을 달리기로
생각한다면 공허해진다.

'나는 지금 달리기의 주인인가?'

앞만 보고 달린다고 주인이 되는 것은 아니다.

속도나 거리를 넘어, 자신을 바라보는 그 순간,

우리는 달리기의 주인이다.

달리기의 중심 잡기. 자신만의 속도로 스스로를 돌아보며,

함께 달리는 사람들과 기쁨과 아픔을 나누는 것.

그 모든 과정이 우리를 성숙하게 한다.

모든 달리기에는 자기만의 이야기가 있다.

오늘도 나는 자유를 향해 새로운 발걸음을 내딛는다.

_____감사의 글

책으로 나올 수 있도록 도와주신 모든 분들께 감사드립니다.

글이 소통의 힘이 될 수 있음을 알려주신 부모님과 언제나
응원해 주시는 가족들께 깊은 고마움을 전합니다.

운동의 기쁨과 함께하는 의미를 가르쳐 주신 바나나 스포츠
클럽의 김용택 감독님, 연진 코치님, 서윤 코치님, 은하 코치님,
써니 매니저님, 해맘 소륜님, 희준님, 그리고 광교와
서울 바나나 러너 분들께도 감사드립니다.

또한, 피트니스플레이의 고피디 님과 런핏 러너 분들께도
특별한 고마움을 전합니다.

갱런에 초대해준 캡틴 제제님과 갱런 10기 동기들, 런데이크루,
달땡크루, 런치광이, 체릉클럽 친구들과 함께하며, 달리기는
제게 더욱 특별하고 소중한 의미로 자리 잡았습니다.

매일 아침을 낭독으로 열어주신 '소리내어 읽다' 유튜버 소다님,
그리고 따뜻한 응원과 격려로 큰 힘이 되어주신 지연 님과
함께해 주신 2,000여 명의 인스타그램 친구들께도 고마움을
전합니다.

이 책의 출간을 위해 아낌없이 노력해 주신 나비소리 출판사
최성준 대표님, 그리고 달리기로 변화된 삶을 글로 표현할
용기를 북돋아 주신 김애리 작가님께 깊이 감사드립니다